Deseo

# Cuando el amor no es un juego
Maureen Child

**HARLEQUIN**™

Editado por Harlequin Ibérica.
Una división de HarperCollins Ibérica, S.A.
Núñez de Balboa, 56
28001 Madrid

I.S.B.N.: 978-84-687-9479-2
Depósito legal: M-9353-2017
Impresión en CPI (Barcelona)
Fecha impresion para Argentina: 4.12.17
Distribuidor exclusivo para España: LOGISTA
Distribuidores para México: CODIPLYRSA y Despacho Flores
Distribuidores para Argentina: Interior, DGP, S.A. Alvarado 2118.
Cap. Fed./Buenos Aires y Gran Buenos Aires, VACCARO HNOS.

# *Capítulo Uno*

–No confío en ella –Mike Ryan tamborileó las yemas de los dedos en el escritorio y miró a su hermano pequeño.

–Ya –dijo Sean riéndose–. Lo dejaste claro hace meses. Lo que no queda claro es por qué. Es una gran artista, cumple los plazos, es encantadora y siempre trae pasteles caseros para todos. Así que, ¿qué te parece si me cuentas qué te ha hecho Jenny Marshall para que estés tan en contra de ella?

Mike apretó los dientes y torció el gesto mientras dirigía la vista hacia la ventana de su despacho. Aunque estaban en el sur de California, los jardines tenían un aspecto algo deslucido en enero. El jardín trasero de la mansión victoriana que servía de sede para Celtic Knot Gaming tenía el césped seco y marrón, los árboles sin hojas y los parterres sin flores. El cielo estaba cargado de nubes grises y una brisa fría surgida del mar agitaba las ramas desnudas de los árboles. Pero mirar aquella vista desangelada era mejor que dibujar la imagen mental de Jenny Marshall. A pesar de su resistencia, su imagen le cruzaba la mente. Era muy pequeñita, solo medía un metro cincuenta y siete, pero aquel cuerpo diminuto estaba muy bien hecho. Tenía unas curvas que le hacían la boca agua a Mike cada vez que la veía… sobre todo desde que sabía cómo eran aquellas curvas al desnudo. Una razón más por la que intentaba evitar cruzarse con ella.

Tenía el pelo rubio y rizado con un corte que le llegaba a la altura de la mandíbula y unos ojos azules como el cielo cargados de mentiras… que una vez brillaron de pasión por él.

«Bueno, ya es suficiente», se dijo Mike con firmeza.

–Tengo mis razones –murmuró sin molestarse en volver a mirar a su hermano.

Sean no tenía ni idea de que Mike y Jenny se habían conocido mucho antes de que ella fuera contratada en Celtic Knot, y no había razón para que aquello cambiara.

–Muy bien –Sean dejó escapar un suspiro–. Siempre has sido un cabezota. En cualquier caso, da lo mismo. Brady, tú y yo ya habíamos decidido esto.

–Brady está en Irlanda.

–Sí, pero ¿no es increíble la tecnología? –añadió al instante Sean–. ¿Recuerdas la reunión que tuvimos por videoconferencia, en la que todos decidimos quién se encargaría de cada hotel?

–Lo recuerdo.

–Bien. Porque Jenny está ahora mismo en su despacho trabajando en los diseños para el hotel River Haunt –Sean miró a su hermano a los ojos–. Ya ha avanzado mucho. Si cambiamos de diseñadores a estas alturas, todo se retrasaría. Además, Jenny es buena. Se ha ganado este encargo.

Mike volvió a torcer el gesto y decidió dejar de discutir, porque no serviría de nada. Sean tenía razón: los planes ya estaban hechos. No podía cambiarlos ahora. Todos los artistas de la empresa habían recibido ya sus encargos de trabajo. La mayoría estaban terminando los gráficos para el próximo juego, que saldría al mercado en verano. Así que Jenny era la opción más lógica.

Aunque eso no significaba que le gustara.

Pero había plazos que cumplir y nadie lo sabía mejor que Mike. Él, su hermano y su amigo Brady Finn habían fundado aquella empresa de juegos cuando todavía estaban en la universidad. Su primer juego tuvo poca parte artística y mucho misterio y acción. Tuvo más éxito del que ninguno esperaba y, cuando se graduaron en la universidad, ya eran todos millonarios.

Reinvirtieron su dinero en la empresa que llamaron Celtic Knot y seis meses después lanzaron otro juego más sofisticado. Se construyeron una reputación en los juegos de acción basados en las antiguas leyendas y supersticiones irlandesas y tenían una buena base de admiradores.

Compraron aquella mansión victoriana en Long Beach, California, y contrataron a los mejores programadores informáticos y a los mejores artistas digitales y gráficos.

Habían ganado varios premios y tenían legiones de seguidores esperando el lanzamiento de su siguiente juego. Y ahora iban a crecer en otra dirección.

Iban a comprar tres hoteles para convertirlos en lugares perfectos para que los huéspedes desarrollaran allí un juego de rol. Cada hotel iba a reformarse siguiendo uno de sus juegos más vendidos. El primero, Fate Castle, estaba en Irlanda. La reforma acababa de terminar y el hotel abriría al público en marzo. El segundo, River Haunt, estaba en Nevada, en el río Colorado, esperando a que Mike se implicara y diera un impulso a las reformas.

Pero, ¿cómo diablos iba a hacer algo así trabajando codo con codo con Jenny Marshall? Era imposible. Pero no estaba preparado para explicarle todas las razones a

Sean. Lo que haría sería hablar con Jenny. Convencerla para que se retirara del proyecto. Seguramente tenía tan pocas ganas de trabajar con Mike como él con ella. Si ella misma iba a hablar con Sean y pedía ser reemplazada no habría ningún problema. Mike le ofrecería un aumento. O una bonificación. Una mujer como ella se lanzaría sin dudarlo a agarrar aquella oportunidad.

–Mientras tanto –dijo Sean lo suficientemente alto como para devolver a Mike al momento presente–, sigo en conversaciones con la empresa de juguetes sobre la colección que nos proponen, basada en los personajes de nuestros juegos.

–¿Qué dicen los abogados? –preguntó Mike.

–Muchas cosas –reconoció Sean–. Y la mayoría no las entiendo. Creo que en la facultad de derecho les enseñan a hablar en otro idioma.

–Estoy de acuerdo. ¿Y qué sacaste en limpio?

Sean cruzó los tobillos.

–Que si suben la oferta para la licencia podría ser muy bueno para nosotros.

–No sé… ¿Juguetes?

–No son juguetes, son figuras de colección –corrigió Sean–. He llamado a Brady esta mañana y él está de acuerdo. Así que piénsalo, Mike. En la próxima convención podremos presentar no solo los juegos, sino también las figuras. Incluso podríamos probar con los juegos de mesa para la gente que no esté interesada en los videojuegos.

Mike se rio brevemente y se reclinó en la silla.

–No hay mucha gente que no esté interesada en los videojuegos.

–De acuerdo, es cierto. Pero estamos metiéndonos en el negocio de los hoteles dándole a la gente la oportunidad de vivir sus juegos favoritos. Podríamos dar otro paso más –Sean dio un palmada sobre el escritorio de Mike–. Podríamos financiar nuestras propias convenciones.

–¿Qué? –Mike se le quedó mirando, sorprendido.

Sean sonrió.

–Piensa en ello. Qué diablos, La convención del cómic empezó siendo algo muy pequeño y míralo ahora. Podríamos celebrar la convención de Celtic Knot, un evento centrado en nuestros juegos y productos. Podríamos hacer torneos con premio. Concursos de disfraces. Incluso podríamos ofrecer un contrato de trabajo para quien diseñe la mejor bestia para uno de nuestros juegos.

–¿Has ido a hacer surf esta mañana?

Sean se detuvo.

–¿Qué tiene eso que ver?

–El agua está muy fría, seguramente te haya congelado unas cuantas neuronas.

–Muy gracioso.

–¿No te parece que ya tenemos suficientes cosas por ahora? El último juego salió en diciembre y la secuela de Fate Castle estará a la venta en verano, por no mencionar el asunto de los hoteles.

–De acuerdo. Estamos ocupados –reconoció Sean–. Queremos seguir ocupados, así que debemos seguir pensando y expandiéndonos. Nuestro negocio está basado en nuestros seguidores. En lo conectados que se sienten con los escenarios que creamos. Si queremos darles más, ofrecerles otros modos de conexión para que se sientan parte del mundo que tanto les gusta, eso solo puede beneficiarnos.

Mike pensó en ello durante un instante. Podía ver el

entusiasmo reflejado en el rostro de su hermano y supo que Sean tenía razón, al menos en parte. Si seguían construyendo su marca solidificarían su posición en el mercado. El hotel castillo de Irlanda ya tenía una lista de seis meses de espera y todavía no habían abierto. Y su hermano pequeño también acertaba en algo más.

–Hablaremos con Brady sobre tu idea de la convención… puede que sea un buen camino.

–Guay –Sean sonrió–. Qué momento. Tal vez debería llamar a un fotógrafo.

Mike se rio.

–De acuerdo, creo que es una buena idea. Estoy a favor de los muñecos de colección. Diles a los abogados que preparen la oferta de la empresa para la licencia y la firmaremos.

–Ya está hecho –afirmó Sean.

–Estás muy seguro de ti mismo, ¿verdad?

–La verdad es que sí.

Mike se estaba divirtiendo.

–Bien, pues también tienes razón sobre el otro asunto. Los concursos y los juegos de rol. A mucha gente le resulta difícil viajar hasta Irlanda. El terreno del hotel de Nevada no es lo suficientemente grande para hacer ningún tipo de torneo a escala real. Así que el hotel de Wyoming tendrá que ser el lugar elegido.

–Justo lo que yo pensaba –afirmó Sean–. Cuenta con ciento cincuenta acres, con lagos y bosques. Es perfecto para el plan que tengo en mente.

–Entonces viene muy bien que ese sea el hotel que está a tu cargo, ¿verdad? Así que deberías ir allí a supervisarlo en persona.

Sean resopló.

–Sí, claro. Estamos en enero, Mike. Allí hace muchísimo frío ahora y nieva –se estremeció–. No, gracias. Compramos la propiedad de Irlanda por Internet y funcionó muy bien.

–Ya, pero…

–He hablado con la agente inmobiliaria, le he pedido que haga vídeos de todo. Tú ocúpate de lo tuyo que yo me encargo de lo mío. No te preocupes, iré a echar un vistazo dentro de unos meses, antes de que entremos en la fase de diseño –Sean se levantó y miró a su hermano–. Pero todo eso puede esperar hasta el verano –sacudió la cabeza, se rio y se dirigió a la puerta–. Un surfista. En la nieve. Sí, claro, seguro.

Mike frunció el ceño al verle marchar. Brady estaba feliz trabajando y viviendo en Irlanda con su mujer y su hijo recién nacido. Sean estaba ocupado haciendo planes para ser un surfista megalómano. Así que quien tenía más problemas era Mike. Tardaría al menos seis meses en reformar el hotel de Nevada. Y como al parecer no había manera de sacarla del proyecto, eso significaba que tendría que pasar mucho tiempo con Jenny Marshall.

Una mujer que ya le había mentido una vez.

Sí. Aquello iba a ser estupendo.


Jenny Marshall se sirvió una copa de vino blanco y se sentó haciendo un esfuerzo para relajarse. Dobló las rodillas y se sentó sobre las piernas mirando por la ventana cómo los niños jugaban al baloncesto al otro lado de la calle. El dúplex que había alquilado era pequeño y antiguo, y estaba situado en una calle estrecha a pocas manzanas de la playa. El alquiler era caro, pero el sitio era acogedor y estaba cerca del trabajo. Allí podía ir a las fiestas del barrio y comprarles galletas de fin de curso a los niños que vivían en su misma calle. Allí se sentía conectada. Y para una mujer sola, aquello no tenía precio.

Le dio un sorbo a su copa y dirigió la vista hacia el jardín delantero, donde los árboles desnudos temblaban con el viento. El atardecer caía sobre el vecindario con un suave brillo lavanda y empezaron a encenderse las luces de las ventanas de los vecinos. Jenny seguía sin poder relajarse, pero no era de extrañar, teniendo en cuenta todo lo que tenía en la cabeza.

Tenía mucho en lo que pensar entre su trabajo para el próximo juego de Celtic Knot y los diseños para el hotel River Haunt. Le encantaba su trabajo y estaba agradecida por tenerlo. Sobre todo porque a uno de sus jefes lo que más le gustaría sería despedirla... o verla caer en un agujero negro y desaparecer.

Frunció el ceño y trató de ignorar la punzada de arrepentimiento que le atenazó el corazón. No le había resultado fácil trabajar con Mike Ryan los últimos meses. Cada vez que estaban en la misma habitación juntos sentía su hostilidad. El hombre tenía el corazón de piedra, era obstinado, irracional y... seguía siendo el hombre que la hacía estremecerse por dentro.

Alzó la copa de vino y brindó por su propia estupidez.

¿Acaso no había aprendido la lección hacía más de un año? La noche que se conocieron en Phoenix fue mágica, pura y sencillamente. Y como en los cuentos de hadas, la magia duró exactamente una noche. Luego el príncipe azul se convirtió en un ogro y los zapatos de cristal de Jenny se convirtieron otra vez en chanclas.

Todo había empezado muy bien. La noche anterior

a la convención de juegos de Phoenix, Jenny había conocido a un hombre alto, guapísimo, con sonrisa pícara y los ojos tan azules como el cielo de verano. Se tomaron una copa juntos en el bar, luego cenaron, fueron a dar un paseo y finalmente terminaron en la habitación de hotel de Jenny. Nunca antes había hecho algo así, acostarse con un hombre al que apenas conocía. Pero aquella noche todo había sido diferente. Desde el momento que conoció a Mike sintió como si hubiera estado esperando por él toda la vida. Aunque ahora reconocía que se trataba de una idea ridícula. Pero aquella noche… Jenny permitió que el corazón le dirigiera la mente. Se dejó llevar por la oleada de atracción, por aquella punzada especial que solo había sentido con él. Y por la mañana, Jenny supo que había cometido un gran error.

Suspiró y apoyó la cabeza en el respaldo de la silla, cerró los ojos y regresó al momento en el que el suelo se abrió bajo sus pies. La mañana posterior a la mejor noche de su vida.

Mike la estrechó entre sus brazos y Jenny apoyó la cabeza en su pecho mientras escuchaba el fuerte latido de su corazón. Sentía el cuerpo lánguido y flojo tras una larga noche de amor. El amanecer se abría paso en el cielo con tonos rosa pálido y dorado y ella no tenía ningunas ganas de levantarse de la cama.

Aquello era algo impropio de ella, pensó sonriendo para sus adentros. No tenía aventuras de una noche, y menos con un desconocido. Pero no se arrepentía de nada. Desde el instante en que conoció a Mike sintió que le conocía de siempre. Ni siquiera sabía cómo se apellidaba, pero se sintió cercana a él desde el principio.

–Odio tener que moverme de aquí –dijo Mike–, pero tengo que estar temprano en la convención.

–Lo sé. Yo también –Jenny se acurrucó más contra él–. Mi tío necesita que ocupe su lugar. Él no llega hasta mañana, así que…

Mike le deslizó una mano por la espalda y ella sintió las yemas de sus dedos como pequeñas chispas sobre la piel.

–¿Sí? –preguntó Mike con tono indolente–. ¿Quién es tu tío?

–Hank Snyder –susurró Jenny hipnotizada por su tono de voz grave y la caricia de sus dedos–. Es el dueño de Snyder Arts.

Mike se quedó de pronto muy quieto. Dejó caer la mano y ella sintió un cambio repentino en el momento que estaban compartiendo. Luego hubo un cambio físico, porque Mike se incorporó en la cama y apartó a Jenny de su pecho.

Ella se lo quedó mirando asombrada.

–¿Qué pasa?

–¿Hank Snyder? –Mike se levantó de la cama y se la quedó mirando con un brillo oscuro en los ojos.

La neblina de la mente de Jenny comenzó a aclararse y una sensación fría se le formó en la boca del estómago. Se incorporó despacio y se subió las sábanas al pecho. Se pasó una mano por el pelo para apartarse los rubios rizos de los ojos y le miró confundida.

–¿Qué ocurre? ¿Conoces a mi tío?

Mike resopló.

–Guau. Eso ha estado muy bien. El tono de voz inocente. Un buen toque.

Completamente confundida ahora, Jenny sacudió la cabeza.

–¿Inocencia? ¿De qué estás hablando?

–Oh, déjalo ya –le espetó Mike cruzando la habitación para recoger su ropa–. Aunque tengo que decir que eres muy buena.

–¿Buena en qué? No entiendo nada de lo que dices.

–Sí, claro. Estás confusa –Mike asintió–. ¿Sabes qué? Anoche me tragué la actuación, pero que intentes mantenerla ahora cuando ya sé quién eres me está irritando mucho.

Jenny no tenía ni idea de por qué estaba tan enfadado, pero su propia ira empezaba a brotar como mecanismo de defensa. ¿Cómo podían haber pasado de hacer el amor a lanzarse cuchillos en un abrir y cerrar de ojos?

–¿Vas a decirme qué está pasando?

–Lo que no sé es cómo sabías que estaría anoche en el bar –Mike se puso la camisa blanca de manga larga y se la abrochó con una calma que nada tenía que ver con la furia que mostraban su voz y sus ojos.

–No lo sabía… qué diablos, ni siquiera sabía que yo iba a ir al bar anoche hasta que entré.

–Tu tío lo tenía todo planeado.

–¿Qué tiene que ver el tío Hank con nosotros?

Mike se rio, pero sin asomo de humor.

–Todo, cariño, y los dos lo sabemos. Snyder Arts ha estado intentando que incorporemos sus programas a nuestros juegos desde hace un año y medio –dirigió la mirada hacia el pecho de Jenny y luego alzó otra vez la vista–. Parece que el viejo Hank ha decidido por fin sacar la artillería pesada.

Cada palabra que decía Mike le resonó de forma extraña en la mente, hasta que por fin Jenny entendió lo que quería decir. De qué la acusaba. La furia llegó

13

al punto de ebullición en su estómago. El corazón le latía con tanta fuerza que pensó que se iba a quedar sin aliento. Se levantó de la cama, prefería enfrentarse a su acusador de pie. Sostuvo la sábana contra su pecho como un escudo.

–¿Crees que mi tío me ha enviado aquí para que tuviera relaciones sexuales contigo? –Dios, apenas era capaz de pronunciar las palabras–. ¿Para que te convenciera para que utilizaras su programa de arte?

–Es un buen resumen –afirmó Mike.

A Jenny le ardía el cerebro. Se sentía insultada, furiosa y humillada. Las imágenes de la noche anterior le cruzaron por la mente como una película a cámara rápida. Vio a Mike encima de ella mirándola a los ojos reclamando su cuerpo con el suyo. Se vio a sí misma tomándolo a horcajadas muy dentro, y sintió el destello de placer, aquella sensación de plenitud que le provocaban sus caricias. Entonces la película de su mente acabó bruscamente y se vio allí, en la habitación iluminada por el sol, mirando a un desconocido que ahora conocía su cuerpo íntimamente pero no así su corazón ni su alma.

–¿Quién diablos te crees que eres? –le preguntó con voz temblorosa.

–Mike Ryan.

Jenny se estremeció al escuchar el nombre completo. Mike Ryan. Uno de los dueños de Celtic Knot. Conocía su trabajo, el arte y el diseño gráfico de cada uno de sus juegos. Hacía años que los admiraba y confiaba en trabajar algún día para ellos… algo que ya no sucedería. No solo Mike la consideraba una espía además de una zorra, sino que ella no se imaginaba trabajando para un hombre que tomaba decisiones rápidas sin pararse a pensar.

–Ajá –Mike asintió como si acabara de obtener la confirmación de sus sospechas–. Así que me conoces.

–Ahora sí –contestó ella–. Anoche no. No sabía quién eras cuando… –Jenny se pasó la mano por el pelo y trató de mantener la sábana con la otra. Pero era mejor no pensar en todo lo que habían hecho, porque podría cometer alguna estupidez, como sonrojarse.

–Y se supone que tengo que creerte –dijo Mike.

Jenny le miró con los ojos entornados.

–Parece que te basta con tus propias sospechas para hacerte una idea fija. Ya has decidido lo que soy, ¿por qué tendría que intentar discutir contigo sobre ello?

–¿Sabes qué? El papel de la inocente ultrajada no me resulta tan convincente como la seductora que conocí anoche.

Jenny contuvo el aliento y sintió cómo las llamas le ardían en el vientre.

–Eres un malnacido arrogante y engreído.

Mike alzó una de sus oscuras cejas y una sonrisa le asomó a la comisura de los labios.

–Ahora lo estás haciendo mejor. El ultraje parece casi real.

A Jenny le latía el corazón con tanta fuerza que creyó que se le iba a salir del pecho.

–Esto no es una actuación. Piénsalo. Yo no te seduje. Tú fuiste quien se acercó a mí en el bar. Nadie te obligó a meterte en mi cama. Creo recordar que te subiste a ella de buena gana. Pero no tengo que seguir escuchando tus insultos. Sal de mi habitación –Jenny señaló la puerta con el dedo índice.

Mike agarró la chaqueta negra que estaba colgada en el respaldo de una silla y se la puso.

–Sí, claro que me voy. No te preocupes. No me quedaría ni aunque me lo suplicaras –cruzó la habitación hasta la puerta, se detuvo antes de abrirla y se giró para mirarla–. Dile a tu tío que ha sido un buen intento, pero no ha funcionado. Celtic Knot no firmará ningún contrato con él por muchas sobrinas atractivas que ponga en mi cama.

Jenny agarró una copa de la bandeja del servicio de habitaciones que habían compartido la noche anterior y se la arrojó. Mike ya había salido por la puerta antes de que se estrellara contra la madera y cayera al suelo hecha añicos.

Jenny suspiró y le dio otro sorbo a su copa de vino. No había pensado en volver a ver siquiera a Mike Ryan, pero seis meses después su hermano, Sean, le ofreció un trabajo que sencillamente era demasiado bueno para dejarlo pasar. Valía la pena el riesgo de estar cerca de Mike todos los días a cambio de la oportunidad de trabajar en el tipo de arte que le encantaba. Y además, al estar en el mismo lugar que él todos los días le estaba diciendo en silencio a Mike Ryan que lo que le había hecho no le dolía. No la había destrozado. Por supuesto, era una gran mentira, pero él no tenía que saberlo. Trabajar en Celtic Knot era un sueño que solo se convertía en pesadilla ocasionalmente, cuando se veía obligada a tratar con Mike.

Aunque ahora la pesadilla sería de veinticuatro horas siete días a la semana durante los próximos meses. Sí, le emocionaba la idea de ser la artista que diseñara los murales del hotel River Haunt. Pero tener que trabajar todo el día con Mike iba a ser muy duro. Jenny sabía que él la quería fuera del proyecto, pero aquella era una gran oportunidad, y no podía darle la espalda. Y menos, se recordó a sí misma, porque ella no había hecho nada malo.

Era él quien tenía que disculparse por muchas cosas. Era él quien la había insultado y humillado para luego marcharse sin molestarse siquiera en escuchar su parte de la historia.

Entonces, ¿por qué tenía que ser ella quien pagara el pato?

Llamaron a la puerta con los nudillos, interrumpiéndole sus pensamientos. Jenny se dijo que si era un vendedor le compraría lo que fuera por gratitud.

Abrió la puerta y se quedó mirando los brillantes ojos azules de Mike Ryan. Sin esperar a ser invitado, él entró con decisión en su apartamento.

Sin tener otra opción que aceptar lo inevitable, Jenny cerró la puerta.

–Bueno, adelante –murmuró con sarcasmo–. Estás en tu casa.

Con el gesto adusto y los ojos del color de un lago congelado, Mike dijo:

–Tenemos que hablar.

# Capítulo Dos

Mike se detuvo en medio del salón, se dio la vuelta y la miró. Jenny llevaba puesta una camiseta verde claro y unos vaqueros desteñidos con un agujero en la rodilla. Estaba descalza y tenía las uñas pintadas de rosa pálido. Los rubios rizos estaban despeinados y sus grandes ojos azules le miraban con recelo. Estaba muy guapa. Demasiado guapa, maldición, y eso era parte del problema.

Mike se metió las manos en los bolsillos para evitar la tentación de tocarla. Apartó la vista de ella haciendo un esfuerzo y miró a su alrededor. La casa de Jenny estaba ordenada y resultaba acogedora. Las sillas estaban tapizadas con tela de flores y el sofá con rayas amarillas y azules. Las paredes estaban pintadas de un verde pálido que recordaba a la primavera. En una de las paredes colgaban fotos y cuadros sin ningún orden aparente y en otra de las paredes había un mural.

Mike se lo quedó mirando. Estaba claro que lo había pintado la propia Jenny, y tuvo que admitir que fuera lo que fuera, la mujer también tenía un inmenso talento. El mural era una escena sacada de un cuento de hadas… o de una leyenda irlandesa. Un bosque despertándose bajo la luz del amanecer. La neblina cubría el paisaje con tenues volutas grises, la luz del sol se filtraba a través de los árboles para caer en dibujo moteado sobre el suelo cubierto de hojas. En la distancia se vislumbraba un prado cubierto de flores y en los enormes árboles había hadas de delicadas alas.

Maldición. Odiaba que fuera tan buena.

–¿Qué haces aquí, Mike? –le preguntó con tono cordial. Pero el brillo de sus ojos no era en absoluto amable.

Buena pregunta. Seguramente Mike no tendría que haber ido a su casa. No habían vuelto a estar solos desde aquella noche en Phoenix, pero se había quedado sin opciones. No podía decirle a Sean por qué trabajar con Jenny era un error. Que lo asparan si le confesaba a su hermano pequeño que se había dejado embaucar en una trampa.

Pero Jenny sabía que aquello no podía funcionar. Lo único que tenía que hacer era conseguir que le dijera a Sean que no quería el trabajo de diseñadora de arte del nuevo hotel.

–Quiero que te retires del proyecto del hotel. Los dos sabemos que trabajar juntos durante varios meses es una mala idea.

–Estoy de acuerdo –Jenny se cruzó de brazos, lo que le elevó los senos–. Tal vez eres tú quien debería dejarlo. Cambia el hotel con Sean. Dile a tu hermano que se ocupe de River Haunt y tú te encargas de Wyoming.

–No –Mike no estaba dispuesto a admitir la derrota. Todavía podía encontrar la manera de convencer a Jenny de que aquella era una situación imposible.

Ella se encogió de hombros y pasó por delante de Mike para acercarse a la ventana, dejando tras de sí un aroma a vainilla.

–Como ninguno de los dos está dispuesto a dejar este proyecto, supongo que ya hemos terminado –dijo

Jenny dejándose caer en la silla y alzando su copa de vino para darle un sorbo.

–No hemos terminado para nada.

–Mike, tú no quieres trabajar conmigo ni yo contigo. Pero estamos obligados a hacerlo –Jenny volvió a encogerse de hombros–. Tendremos que aguantarnos.

–Inaceptable –Mike sacudió la cabeza y apartó la mirada de ella, porque la maldita luz de la lámpara hacía que le brillara el pelo como si fuera oro. Clavó entonces la mirada en el mural y luego se giró para mirarla de nuevo–. Es un trabajo muy bueno –dijo sin poder contenerse.

–Gracias –una expresión de sorpresa cruzó por el rostro de Jenny–. Por si acaso te lo estás preguntando, no robé la escena de ninguno de los juegos de Celtic Knot. Sé muy bien lo que piensas de mí.

–¿Y me culpas? –le espetó Mike. Luego se pasó la mano por el pelo. Aquella mujer tenía la habilidad de volverle loco. Saber que era una maldita mentirosa no había servido para librarle de la avalancha de deseo que sentía cada vez que pensaba en ella.

–Esa no es una pregunta justa –respondió Jenny–. Te hiciste una idea de mí en un instante y no quisiste escuchar otra parte que no fuera la tuya.

–¿Qué otra parte hay? –replicó él–. Diablos, tu tío es el dueño de Snyder Arts.

–Eso no significa que sea mi dueño, y jamás me habría pedido algo como lo que tú continúas sugiriendo –Jenny aspiró con fuerza el aire–. Sean nunca ha cuestionado mi integridad. ¿Tú mentirías y engañarías por tu familia?

–No, no lo haría –Mike había crecido conociendo perfectamente el daño que podían causar las mentiras.

Siendo niño se prometió que evitaría las mentiras y a la gente embustera. Por eso no podía confiar en Jenny.

A ella le brillaron los ojos.

–Pero das por hecho que yo sí lo hice –se levantó de la silla y se acercó a Mike.

Maldición. Cuanto más se enfadaba más sexy se volvía. Tenía las mejillas sonrojadas y los azules ojos le brillaban de un modo peligroso.

La mayoría de las mujeres que conocía le daban la razón en todo, sonreían sumisas, coqueteaban descaradamente con él y se aseguraban en general de ser una compañía agradable. Pero Jenny no era así. Tenía su propia opinión y no le daba miedo compartirla, y eso era tan sexy como el modo en que le brillaban los ojos.

–Los dos sabemos lo que está pasando aquí, Jenny –arguyó Mike–. Aunque no quieras admitirlo, tu tío es el dueño de una empresa que desea más que nada tener un contrato con Celtic Knot. Me conociste «por casualidad», te acostaste conmigo, ¿y quieres que me crea que no estás compinchada con tu tío?

Jenny alzó las manos.

–No tiene sentido seguir hablando contigo. Piensa lo que quieras, es lo que has hecho desde el principio.

A Mike no le gustaban el engaño ni la mentira. Viejos recuerdos de su madre llorando y del rostro avergonzado de su padre surgieron en su mente.

–Fuiste tú quien se acercó a mí en el bar –le recordó Jenny–, no yo.

–Estabas muy guapa. Y sola –y en cierto modo parecía aislada, distante, como si llevara tanto tiempo sola que no esperara nada más de la vida. Mike observó intrigado cómo se bebía una única copa de vino durante casi una hora mientras los clientes del bar entraban y salían. Mientras el camarero intentaba ligar con ella y Jenny le ignoraba, como si no fuera consciente de su propio encanto.

Pero Mike sí lo era. Jenny tenía un aspecto delicado, lo que impulsaba a los hombres a querer protegerla. Era preciosa, lo que impulsaba a los hombres a querer verla sonreír para saber cómo le llegaba aquella sonrisa a los ojos. Y tenía muchas curvas en los lugares adecuados.

¿Cómo diablos podría haberse resistido?

Jenny se sonrojó ante el inesperado cumplido y Mike observó fascinado la mancha roja de sus mejillas. Ella apartó la vista al instante.

–Mira –dijo con tono frío y sereno–, el pasado ya no existe. Lo único que tenemos es el presente y el futuro –alzó la mirada hacia él–. No voy a dejar el proyecto del hotel, así que puedes tragar con ello o cambiar el hotel con Sean. Él me puso al frente del diseño de arte, no tú. Si tienes algún problema, habla con él.

–Ya lo hice –Mike se pasó una mano por el pelo y empezó a moverse para escapar del aroma de Jenny–. Pero no sabe lo que ocurrió en Phoenix, así que no lo entiende.

–Pues cuéntaselo –le espetó ella–. Si estás convencido de que soy una ladrona y una mentirosa, cuéntaselo para que me despida.

–No voy a contarle que me dejé utilizar por una mujer que parece más un hada de las que ella misma pinta que una maldita espía.

–Vaya. Ladrona y espía –murmuró Jenny–. Soy todo un caso, ¿eh?

–¿Por qué otra razón ibas a venir a trabajar para mi empresa sino porque eres una espía de tu tío? Lo único que se me ocurre es que sigues intentando utilizarme.

Quería que Jenny le convenciera de que estaba equivocado. Quería tener la certeza de que era realmente la mujer que le pareció que era cuando le conoció.

–Escúchame: acepté este trabajo a pesar de ti, no por ti. Sean me ofreció un gran puesto haciendo algo que se me da muy bien, ¿tendría que haberlo rechazado para no verte?

–No me lo creo. Pienso que aceptaste este trabajo por mí –Mike clavó la mirada en la suya–. Quieres volver a acostarte conmigo.

Jenny giró la cabeza como si le hubieran dado una bofetada. Tragó saliva y murmuró:

–Cómo se puede ser tan arrogante y tan creído… el sexo contigo no fue tan increíble, ¿sabes?

Él se rio brevemente.

–Ahora sé que estás mintiendo. Es increíble el talento que tienes para el engaño.

–Márchate –dijo Jenny con firmeza–. Vete de mi casa ahora mismo.

Mike sacudió la cabeza.

–Aquella noche fue algo increíble –aseguró–. Y sé que para ti también lo fue.

–Por favor.

Con el cuerpo ardiendo y los pensamientos discurriendo a toda velocidad, Mike se acercó a ella y la estrechó entre sus brazos.

–Si me lo pides con tanta amabilidad…

La besó y se hundió en su saber y su aroma. Mike no había vuelto a sentirse así de bien desde aquella apasionada noche en Phoenix. Jenny se revolvió a medias durante un segundo o dos, como si intentara negar lo que estaba pasando entre ellos.

Pero la vacilación desapareció al instante y le pasó

las manos por el cuello, apretándose contra él. Mike dejó caer las manos por la curva de su trasero y las mantuvo allí, sosteniéndola con fuerza contra la erección latente por el deseo de estar dentro de ella. ¿Sabía lo que podría pasar cuando decidió ir allí? ¿Había intuido que no sería capaz de negarse a sí mismo la gloria de su cuerpo? Daba igual, se dijo mientras deslizaba la lengua en el calor de su boca. Lo único que importaba ahora era el momento. Sentirla cerca.

Ninguna otra mujer le había afectado así. Era como si su cerebro y el cuerpo estuvieran desconectados. Sabía que aquello era una mala idea, pero a su cuerpo le importaba un comino. Lo único que quería era tenerla. Una noche más dentro de ella, debajo de ella.

Mike apartó la boca de la suya y le puso los labios en el cuello para saborear su latido. El corazón de Jenny latía al unísono con el suyo.

–Mike –ella tragó saliva y se estremeció entre sus brazos cuando le mordisqueó la piel–. No deberíamos hacer esto…

–Sí, ya lo sé –le susurró él al cuello–. ¿Pero a ti te importa?

–No.

–Bien –Mike la estrechó con más fuerza y le apretó las caderas contra las suyas–. Me estás matando.

Jenny alzó la mirada hacia la suya y una sonrisa lenta y sensual le curvó los labios.

–El plan no es matarte.

–¿Es que hay un plan?

La sonrisa de Jenny se hizo más amplia cuando se inclinó para besarla.

–Oh, sí –susurró recorriéndole el cuello con los labios.

–Oh, sí –repitió Mike sosteniéndola con fuerza contra su erección mientras la levantaba del suelo–. Dormitorio. ¿Dónde está?

–Al final del pasillo –murmuró Jenny–. Date prisa.

Por suerte su casa era pequeña, así que no tardó mucho en llevarla al dormitorio. Estaba muy ordenado, como el resto de la casa.

Mike la dejó sobre el colchón y se puso encima de ella. Apoyó el peso en ambos codos a los lados de su cabeza y se inclinó para besarla. Jenny le acarició los brazos con las manos mientras su boca se fundía con la suya. Dios, qué bien sabía.

Mike le quitó rápidamente la camiseta y la tiró a una esquina de la habitación. Lo único que le separaba de lo que más deseaba era un sujetador de encaje blanco, y Mike no podía esperar. Le abrió el cierre y luego le deslizó los tirantes por los brazos. Clavó la vista en el festín que suponía Jenny Marshall. Gimió e inclinó la cabeza para tomarle con la boca uno de los duros pezones y luego el otro. Jenny le agarró el pelo y lo sostuvo contra ella mientras Mike se regocijaba en aquellos senos grandes y hermosos.

«No es suficiente», le gritó su cerebro. «Más. Quieres más».

Bajó la mano a la cremallera de sus vaqueros y se los quitó rápidamente con ayuda de Jenny, arrastrando las braguitas de encaje con ellos. Entonces la tuvo allí desnuda, deseosa, tan desesperada de deseo como estaba él, y Mike no pudo seguir esperando ni un segundo más.

–Demasiada ropa –murmuró Jenny deslizándole las manos por el pecho en frenética caricia mientras le desabrochaba los botones para quitarle la camisa.

Mike la ayudó y la camisa salió volando hacia atrás. Los dedos de Jenny se deslizaron entonces por su piel, y sintió cada roce de sus uñas como una llamarada.

Mike contuvo el aliento e hizo uso de todo el autocontrol que tenía, consciente de que no bastaría. Si no la hacía suya pronto le iba a estallar la cabeza. Pero Mike se contuvo. Había pasado mucho tiempo desde que la tuvo entre sus brazos, y quería saborear el momento.

Le deslizó las manos por el cuerpo, del seno al centro del cuerpo y vuelta hacia arriba. Exploró cada curva, cada línea, y con cada caricia que le entregaba ella intentaba atraerlo hacia sí con más fuerza. Arqueó y agitó las caderas cuando Mike le hundió una mano en el centro de su cuerpo y cubrió su calor.

–¡Mike! –Jenny echó la cabeza hacia atrás y apretó las caderas contra su contacto. Si no te quitas esos pantalones y vienes pronto a mí, yo… –aspiró con fuerza el aire y gimió al sentir el primer dedo dentro y luego el segundo–. ¡Mike, por favor!

Él siguió excitándola, llevándolos a ambos al borde del control y más allá. Tuvo que hacer un esfuerzo sobrehumano por no darle justo lo que ella quería. Lo que quería él también. Pero primero los atormentaría un rato a ambos. Había sido un año y medio muy largo.

Deslizó el pulgar por aquel pequeño núcleo de sensaciones y la deliberada caricia hizo que Jenny gritara su nombre. La tocó una y otra vez profundamente, por dentro, por fuera, a través de aquel sensible trozo de piel, hasta que Jenny gimió y susurró plegarias para alcanzar un alivio que Mike mantenía fuera de su alcance. Tenía los ojos vidriosos y se retorcía en busca de un clímax que él se negaba a darle todavía.

Pero entonces no pudo seguir soportándolo. Se apartó de ella, se puso de pie y se quitó el resto de la ropa con la mirada clavada en la suya mientras se desnudaba. Jenny se humedeció los labios y volvió a mover las caderas en silenciosa invitación antes de alzar los brazos para recibirle.

–Ya casi –murmuró Mike.

Ella gimió frustrada. Entonces Mike se arrodilló en el sueño y atrajo su cuerpo hacia el suyo. Cuando la tuvo lo bastante cerca cubrió su calor con la boca y sintió el golpe del éxtasis que se apoderó de ella. Jenny le sostuvo la cabeza mientras convulsionaba. La lengua de Mike la acarició y la saboreó mientras ella hacía explosión gritando su nombre una y otra vez como un mantra diseñado para prolongar el placer que la atravesaba.

Cuando se quedó inmóvil y jadeante, Mike se unió a ella en la cama y la estrechó entre sus brazos. Con una pierna cruzándole la cadera, Jenny le rozó la punta de la erección con su calor y Mike estuvo a punto de perderse por completo. Entonces ella deslizó una mano y agarró con los dedos su virilidad, acariciándole con pericia.

Él contuvo un gemido, cerró los ojos un instante y luego volvió a abrirlos para mirarla.

–Dime que tienes preservativos.

–Sí. Oh, sí. En el cajón de la cómoda –Jenny frotó su cuerpo contra el suyo–. Date prisa.

Mike no se paró a pensar por qué Jenny tenía preservativos. Ni en que hubiera invitado a su cama a otros hombres. Nada de aquello le importaba en ese instante. Agarró un preservativo, lo abrió y se cubrió con él. Luego volvió a mirar a la mujer que esperaba por él.

Era como una ninfa, parecía sacada de uno de los juegos de fantasía que diseñaba su empresa. El pelo rubio y rizado, los ojos azules y cálidos, el cuerpo lleno de curvas.

—Ahora, Mike. Te necesito dentro de mí ahora.

—Sí. Ahora —se deslizó en su calor con un único y largo embate.

El cuerpo de Jenny se curvó bajo el suyo y le pasó las piernas por la cintura para atraerlo hacia sí más profundamente. Mike la miró a los ojos, unos ojos que contenían lo que a él le parecían los misterios del universo, y tomó lo que ella le ofrecía sin apartar la vista. Agitó el cuerpo dentro del suyo una y otra vez creando un ritmo que ella se apresuró a seguir.

Entraron y salieron el uno del otro una y otra vez, arrastrándose cada vez más alto, más deprisa. Mike sintió su respiración jadeante, el frenético deslizar de sus uñas en la espalda. Se miraron a los ojos, impacientes ambos por lo que sabían que llegaba ahora.

—Mike —gimió ella jadeando.

Se le agarró a los hombros y se mantuvo allí mientras oleada tras oleada de sensación le atravesaba el cuerpo, haciéndola estremecerse violentamente entre sus brazos.

Mike vio cómo los ojos de Jenny brillaban con satisfacción unos segundos antes de que su propio cuerpo se astillara en mil pedazos con un placer salvaje que le dejó tembloroso y agotado. Se deslizaron entrelazados hacia el abismo cabalgando el relámpago del orgasmo. Y Mike se dejó arrastrar de buen grado hacia la oscuridad entre los brazos de la única mujer que no podía tener.

# *Capítulo Tres*

El alba se abrió paso en la habitación y se quedó bastante rato estirando sus dedos dorados por la cama en la que Jenny yacía al lado de Mike. Llevaba más de un año pensando en él, deseando que las cosas hubieran sido de otra manera. Y ahora estaba allí, durmiendo en su cama, y ella sabía que cuando terminara de salir el sol su tiempo juntos habría terminado.

Nada había cambiado entre ellos, no de un modo importante. No habían aclarado los asuntos que les habían separado durante tanto tiempo antes de meterse en la cama. Sencillamente los habían ignorado a favor del deseo que se apoderó de ellos. Básicamente habían disfrutado de una tregua. Jenny sonrió para sus adentros ante aquella idea.

Giró la cabeza en la almohada y observó a Mike, aprovechando el momento para mirarle de verdad mientras él no era consciente. No tenía un aspecto joven e inocente al dormir, pensó. Estaba sexy. Con un aire peligroso. Y sin embargo… Jenny formó un puño con la mano para evitar acariciarle la mandíbula con barba incipiente.

A Jenny le dio un pequeño vuelco al corazón. Suspiró para sus adentros y se dijo que era una lástima. ¿Cómo podía sentir lo que sentía con tanta profundidad por un hombre que la consideraba una ladrona y cosas peores?

—Estás pensando demasiado alto —Mike abrió los ojos y se la quedó mirando.

—Hay muchas cosas en las que pensar —reconoció ella en voz baja.

—Supongo que sí —admitió Mike alzando las comisuras de los labios en seductora sonrisa—. Pero no tenemos que pensar en ellas en este preciso instante, ¿verdad?

Mike estiró la mano hacia ella bajo las sábanas y la deslizó por sus curvas. Jenny contuvo el aliento mientras la caricia subía hasta cubrirle el seno. Suspiró cuando le recorrió el pezón con el pulgar. No, no tenían que pensar. No tenían que dejar que la noche terminara todavía. El sol estaba saliendo y pronto tendrían que volver a enfrentarse al mundo real. Un mundo en el que estaban situados a ambos lados de un muro.

Pero por el momento…

—No —dijo moviéndose contra él—. No hay prisa por empezar a pensar.

Mike la besó y ella se dejó llevar por un torbellino de sensaciones sin querer pensar en nada más.

Pero una hora más tarde supo que había terminado. A pesar de sentir el peso de Mike sobre el suyo en el colchón, a pesar de que tuviera su cuerpo dentro del suyo, sintió cómo él se apartaba. Por muy cerca que estuvieran físicamente en aquel momento, había entre ellos una distancia que hacer el amor no podía salvar. Aquel tiempo con él había servido en realidad para reforzar las líneas que los separaban. Y para empeorar las cosas, ahora sería todavía más difícil trabajar con él durante los siguientes meses.

Mike rodó hacia un lado y se apoyó en un codo. Lanzó una mirada rápida a la ventana, donde los rayos de sol ya se filtraban, y luego se giró de nuevo hacia ella y dijo:

–Debería irme.

–Sí –Jenny le miró y quiso guardar su imagen en la memoria. El pelo revuelto, una sombra de barba alrededor de su increíble sonrisa. Si tuviera un poco de sentido común, en lugar de intentar construir un recuerdo estaría tratando de borrar de la mente el tiempo compartido con Mike.

No tenía muy claro hacia dónde irían ahora, pero sabía que la breve conexión que habían encontrado había desaparecido ya.

–Mira –dijo Mike apartándole suavemente el pelo de la cara–, lo de anoche fue…

–Un error, ya lo sé –terminó Jenny por él. Le resultaba más fácil decirlo que tener que escucharlo.

Mike frunció el ceño, se levantó de la cama y recogió su ropa, vistiéndose mientras hablaba.

–¿De verdad puedes llamarlo error cuando era algo que ambos queríamos?

Jenny se preguntó cómo lo hacía. Estar allí mismo, al alcance de la mano y al mismo tiempo tan alejado como si estuviera en otra ciudad. Sintió una bola fría de arrepentimiento en la boca del estómago.

–Lo que sucedió anoche no cambia nada, Jenny.

Ella suspiró, porque sabía perfectamente hacia dónde se dirigía aquella conversación.

–Lo sé, no confías en mí.

–Me mentiste la noche que te conocí.

–No te mentí –repitió ella con cansancio.

Dios, odiaba tener que defenderse una y otra vez frente a un hombre que no quería ver más allá de sus propios recelos. ¿Cómo podía acostarse con ella, hacerle el amor y no tener ni la más remota idea de quién era realmente?

Mike alzó una mano en señal de paz antes de que ella pudiera seguir hablando.

—Estás haciendo un buen trabajo con nosotros, Jenny. Ahí está el problema. Eres la opción lógica para hacer el trabajo del hotel River Haunt, pero si tenemos que estar juntos en el proyecto va a ser más difícil de lo necesario.

Ella sacudió la cabeza y se le quedó mirando. ¿Difícil? ¿Como ir a la oficina todos los días y sentir que Mike la miraba con recelo? ¿Como saber que estaba esperando que hiciera algo mal para demostrar que era una tramposa y una mentirosa como él pensaba?

Jenny se levantó de la cama y agarró la bata que estaba a los pies. No iban a discutir sobre el pasado. Bien. Pero estaba más que dispuesta a luchar por el presente y por su futuro. Y que la asparan si iba a hacerlo desnuda. Se puso la bata, se ató el cinturón, agitó la melena y volvió a mirar al hombre que seguía obsesionándola.

—Para mí no es un problema, Mike. Voy a hacer un gran trabajo en ese hotel. Y no tiene por qué ser difícil si tú confías en que puedo hacerlo.

Durante un instante le pareció que iba a discutir aquel punto, pero entonces Mike dejó escapar un suspiro y se pasó la mano por el pelo.

—De acuerdo. Hacemos el trabajo del hotel y luego se terminó.

Al parecer estaba deseando apartarla a un lado. Pero incluso él tenía que darse cuenta de que había dicho prácticamente lo mismo respecto a terminar con ella hacía más de un año y sin embargo allí estaban, mirándose el uno al otro con una cama revuelta en medio.

Pero eso era lo que ella quería, se recordó Jenny. Una oportunidad de demostrar su valía con el proyecto del hotel sin estar en guerra con Mike, porque eso solo serviría para dificultar las cosas. Entonces, ¿por qué se sentía de pronto tan mal ahora que él le estaba ofreciendo justo eso? Se frotó los brazos para librarse del frío que se había apoderado de sus huesos, pero no sirvió de mucho.

–Mantenemos… esto entre nosotros –continuó Mike señalando las sábanas todavía calientes–, y hacemos lo que tenemos que hacer.

Así que otro secreto, pensó Jenny. Aunque probablemente fuese mejor que la gente del trabajo no supiera lo que estaba pasando entre ellos. Porque ni siquiera ella misma estaba segura de qué compartían más allá del deseo.

Jenny asintió y preguntó:

–¿Nos damos la mano para cerrar el trato?

Los labios de Mike se curvaron por primera vez en una sonrisa aquella mañana.

–Creo que podemos hacer algo mejor que eso.

Se acercó a ella, le tomó la cara entre las manos y se inclinó para besarla. Mike tenía la boca firme, suave, y se apartó de la suya demasiado deprisa. Realmente era una idiota, pensó Jenny mientras todo su interior se alborotaba y se le aceleraba el corazón. Aquel beso no significaba nada. Ella no significaba nada para Mike, y eso le resultaba duro de aceptar. Pero sabía que entre ellos solo había deseo, nada más. Y sin embargo no podía evitar mirarle a los ojos y anhelar que las cosas fueran distintas. Anhelar que…

–¿Te veo en la oficina?

–Sí –respondió Jenny atajando sus propios pensamientos antes de que la llevaran por caminos ridículos–. Allí estaré.

–De acuerdo entonces –Mike se dio la vuelta para recoger la chaqueta del suelo. Se la puso y luego se giró hacia ella–. En el marco de esta nueva cooperación entre nosotros, me gustaría que vinieras conmigo a Laughlin dentro de una semana. Para ver el nuevo hotel. Quiero que pasees por la propiedad, que la sientas antes de que empecemos con las reformas.

–Bien –Jenny forzó una sonrisa y confió en que resultara convincente–. Me vendrá bien hacerme una idea *in situ* del emplazamiento de los murales.

–De acuerdo –Mike se recolocó la chaqueta–. Pasaremos fuera al menos una noche. Le pediré a Linda que reserve en el River Lodge.

Una noche fuera. ¿Significaba eso que iban a volver a compartir cama? ¿Era lo que Mike esperaba? Bien, pues en ese caso se iba a llevar una gran desilusión. Jenny no iba a permitir que aquella espiral se convirtiera en una aventura que la dejaría rota y triste cuando terminara. Era mejor acabar ahora. Y mucho mejor hacerle saber en qué punto estaba ella antes de que llegaran más lejos.

–No volveré a acostarme contigo.

Mike alzó una ceja.

–Yo no le he dicho tal cosa.

–Solo para que lo sepas –continuó ella sacudiendo la cabeza–: no estoy interesada en tener una aventura y no voy a seguir acostándome con mi jefe.

Una expresión oscura cruzó brevemente por el rostro de Mike.

–Esto no es algo entre jefe y empleada. Nunca lo ha sido.

Ella se estremeció bajo la fijeza de su mirada, pero levantó la barbilla para preguntar:

–¿Entonces qué ha sido esto, Mike?

–Deseo –se limitó a decir él, escupiendo la palabra como si le supiera amarga.

Ya estaba. Claro como el agua. No le importaba nada a Mike, se dijo Jenny. Seguramente ni siquiera le cayera bien. Y desde luego no confiaba en ella. Odiaba tener que admitir que él tuviera razón en esto, pero sabía que era el deseo lo que les habían acercado en un principio, y que la misma ansia fue lo que les volvió a unir cuando los dos creían que todo había terminado entre ellos.

Así que se acabó. Iban a tener que trabajar juntos durante los próximos meses, y el sexo lo complicaba todo. Especialmente si se trataba de un sexo magnífico.


Durante los siguientes días, Jenny casi se convenció de que no había ocurrido nada entre Mike y ella. Pasó varios días concentrada en las ideas para el nuevo hotel. Utilizó las fotos y los vídeos de 360 grados que le facilitó la inmobiliaria y trazó los planes de lo que había que hacer. Pero no podía estar segura del todo hasta que viera el lugar con sus propios ojos.

–¿Has terminado ya los bocetos de la Cacería Salvaje?

Jenny levantó la vista de la pantalla del ordenador para mirar a Dave Cooper, el nuevo responsable de diseño gráfico. Cuando el antiguo supervisor, Joe, se marchó para trabajar en un estudio de Hollywood, todos le echaron de menos. Pero Dave ocupó su puesto rápidamente como si siempre hubiera sido suyo.

–Los tendrás mañana –dijo ella.

El siguiente juego en el que estaban trabajando comenzaba a tomar forma, y a Jenny le encantaba hacer el arte. Una caza salvaje llena de guerreros mágicos, duendes y los seres sobrenaturales que los perseguían. Sin duda sería otro éxito de Celtic Knot, y a Jenny le encantaba formar parte del proyecto.

–Creo que te van a gustar –llevaba varias noches refinando los bocetos para que nadie pudiera decir que estaba descuidando aquel trabajo por ocuparse del arte del nuevo hotel.

Dave sonrió, apoyó una cadera en la esquina de su escritorio y se subió las gafas por el puente de la nariz. Tenía treinta y muchos años y parecía el típico genio informático: alto, delgado y con grandes ojos marrones escondidos tras las gafas de pasta negra. Tenía una sonrisa generosa y un entusiasmo casi infantil por el trabajo.

–Siempre me gusta lo que haces, Jenny. He leído las notas con las ideas que tienes para los dibujos y creo que son geniales.

Jenny pensó que era encantador. Lástima que lo único que sintiera por él fuera amistad. La vida sería mucho más fácil si se sintiera atraída por alguien como Dave.

–Gracias –le sonrió–. Me alegro que te hayas pasado por aquí. Hay algo más que quiero comentarte. Ya sabes que en la Cacería Salvaje hay un lobo mágico que aterroriza al pueblo, ¿verdad?

–Sí –Dave sonrió todavía más y asintió frenéticamente con la cabeza–. Los primeros borradores son increíbles. Eric Santos lo ha pensado de forma que cuando el lobo se transforma en caballero negro conserva los dientes y los ojos amarillos. Realmente maravilloso.

Eric hacía un gran trabajo. Tenía un buen ojo para el detalle y Jenny le respetaba mucho.

–Suena muy bien –aseguró con sinceridad–. Estoy deseando verlo. Pero lo que quería decirte es que tengo una idea para otro héroe del juego.

Dave frunció el ceño, claramente desconcertado.

–¿Otro héroe? Ya tenemos a Finn MacCool. Es el antiguo guerrero irlandés. ¿En qué estás pensando?

Lo cierto era que Jenny había pensado mucho los últimos días. Para intentar mantener la cabeza ocupada y no centrada en Mike Ryan, se había dedicado a buscar mitos irlandeses y a plantearse posibles líneas de guion. Incluso hizo algunos bocetos en un guion gráfico para mostrárselos a Sean y a Mike en algún momento. Pero la idea que tenía para la Cacería Salvaje era algo más, y si se la planteaba a Dave primero él le diría si valía la pena presentársela a los Ryan.

–Estaba pensando que incluso a un héroe legendario como Finn MacCool le vendría bien un poco de ayuda.

–De acuerdo –Dave volvió a subirse las gafas, que se le habían escurrido por la nariz–. ¿Qué tienes?

–Estaba pensando que estaría bien meter a una mujer sabia en la mezcla.

–¿Una mujer sabia?

–Ya sabes, lo que en aquel entonces llamaban brujas.

Dave se rio.

–Parece interesante. Cuéntame.

Animada por la atención que le estaba prestando, Jenny empezó a hablar. Abrió el cajón superior de su escritorio y sacó unos cuantos bocetos que había hecho la noche anterior. Se los tendió a Dave y siguió hablando mientras él los miraba.

–Podría vivir en el pueblo. Como si fuera un huevo sorpresa, no se activaría hasta que el jugador alcanzara cierto punto de la misión.

Jenny hizo una pausa, esperó y fue recompensada por las siguientes palabras:

–Continúa.

–Bien –dio un golpecito con el dedo sobre un guion gráfico de la Cacería Salvaje–, según la historia, Finn encuentra en este punto una espada en una cueva situada en la base de los acantilados. El jugador tiene que recopilar doce runas para liberar la espada.

–Sí.

–Bueno, pues estaba pensando, ¿y si lo dejamos en quince? Doce para liberar la espada y permitir al jugador que lleva a Finn al combate contra el mago. Pero si encuentra las quince, entonces se desbloquea la mujer sabia. Ella podría ayudar a Finn a derrotar a los demonios del bosque y…

–Ser un interés amoroso que tal vez podríamos desarrollar en la secuela del juego –terminó Dave por ella, observando los dibujos de la bruja–. Es excelente, Jenny. Añade una capa más y recompensa al jugador por recopilar todas las runas. Doce runas desbloquean la espada, quince desbloquean la magia –asintió como para sus adentros–. Sí, es estupendo. Haremos que esas tres runas sean muy difíciles para que los jugadores tengan que trabajar duro si quieren el extra. Muchos se conformarán con las doce runas y la espada, pero el jugador de verdad querrá conseguir también la magia. Me gusta.

Dave alzó la vista para mirar a Jenny y añadió:

–Deberías llevarle esto a los Ryan para que te den el visto bueno. Les va a encantar.

–Eh… –no le importaría hablar con Sean, era simpático y razonable. Pero Mike... –¿Por qué no vas tú? Eres el responsable de mi departamento.

Dave pareció sorprendido.

–La idea es tuya, Jenny, y es genial. No seas boba –dejó caer los esbozos en su escritorio–. Sean está en el despacho de Mike, así que puedes pillarlos a los dos al tiempo. Cuanto antes se lo lleves, mejor. Los programadores van a necesitar más tiempo para las capas extra.

–Lo sé, pero…

Dave se rio entre dientes.

–¿Desde cuándo eres tan tímida? Vamos, llévales tu idea a los jefes y déjalos impactados.

Dave se fue a hablar con otros artistas sacudiendo la cabeza y Jenny bajó la vista hacia los esbozos de la mujer sabia. Era una buena idea, maldita fuera. Y si Mike y ella no estuvieran en una posición tan incómoda no tendría ningún problema en hablar de ello con los hermanos Ryan. Siempre estaban abiertos a recibir las sugerencias de sus trabajadores.

Armándose de valor, recogió los esbozos y salió de la oficina.


Mike y Sean estaban repasando las figuras que les había enviado la empresa de coleccionables.

–El acuerdo de licencia está bien, pero, ¿has visto la última remesa de figuritas basadas en esa película para niños?

–Sí –dijo Sean parpadeando–. Tengo que admitir que no eran muy buenas.

Mike resopló.

–Eso es quedarse corto. Eran una basura.

–Bueno, de acuerdo –Sean volvió a dejar las fotos en el escritorio de su hermano–. Si no pudieron hacer bien la rana parlanchina y la princesa caballero…

–Exacto –reconoció Mike–. Esos eran fáciles. ¿Qué van a hacer con nuestras hadas, hechiceros y guerreros irlandeses? –sacudió la cabeza–. Brady y yo estuvimos de acuerdo con esto, Sean. Pero si los coleccionables van a tener este aspecto, no sé si es una buena idea.

–Es cierto –Sean cruzó un tobillo sobre el otro–. Pero lo podemos intentar con otras empresas.

–¿Vale la pena?

–Yo creo que sí –insistió Sean–. Si nos metemos en el mercado de los coleccionables aumentará el reconocimiento de nuestra marca todavía más y subirán las ventas de los juegos. Podemos llegar a jugadores que todavía no nos han probado.

Mike frunció el ceño y tamborileó las yemas de los dedos contra el escritorio. Le resultaba difícil centrarse en el trabajo. Incluso ahora, mientras su hermano seguía hablando de su plan, la mente de Mike se dirigió hacia la mujer que trabajaba en la planta de arriba.

Habían pasado tres días desde la noche que pasó con Jenny y no había sido capaz de dejar de pensar en ella durante más de cinco minutos seguidos. Se había convencido a sí mismo de que pasar la noche con ella había sido una buena decisión. Un modo no solo de saciar el deseo que sentía por ella, sino también una oportunidad para apartar de sí los recuerdos de aquella noche en Phoenix.

Aquello había funcionado, pero ahora eran los recuerdos de aquella noche en Long Beach los que le torturaban. En lugar de quitársela de la cabeza, aquella noche había servido para que se arraigara todavía más en su interior.

—¿Me estás escuchando? —inquirió Sean.

—¿Qué? —Mike torció el gesto y miró a su hermano de reojo—. Sí. Claro.

—Ya —se burló Sean—. ¿Qué acabo de decir?

—Coleccionables. Jugadores. Bla, bla. Lo que llevas diciendo durante meses.

—De acuerdo. ¿Qué te está pasando?

—Nada —mintió Mike agarrando un bolígrafo y girándolo distraídamente entre los dedos—. Estoy ocupado.

—Ya, y yo también. Dime, ¿qué te está pasando?

—¿Qué pasa, que de pronto eres mamá? —preguntó Mike.

—Ja. Si fuera mamá conseguiría una respuesta a mi pregunta.

Era cierto. Peggy Ryan era dura y tenía una manera de conseguir que toda su familia confesara. Aunque eso no siempre era bueno, recordó Mike. En una ocasión le sacó a su marido una verdad que cambió para siempre lo que Mike sentía por su padre. Fue el día que Mike aprendió cuánto daño podían hacer los mentirosos y los que engañaban.

Y aquella idea le heló la espina dorsal y le reafirmó en su decisión de superar lo que sentía por Jenny, fuera lo que fuera. Los mentirosos no tenían sitio en su vida y que lo asparan si lo olvidaba.

Como si sus pensamientos la hubieran conjurado, llamaron con los nudillos y la puerta se abrió, anunciando su presencia. Mike la miró, clavó los ojos en los suyos y sintió un relámpago de deseo que al parecer nunca terminaba de agotarse.

—¿Qué pasa?

Jenny parpadeó ante la brusquedad del tono y apartó rápidamente la vista de él para mirar a Sean.

–He tenido una idea y quería contárosla. Es para la Cacería Salvaje.

Sean miró a Mike y luego se encogió de hombros y dijo:

–Claro, Jenny. Adelante.

Le señaló una silla y ella se sentó. Seguía evitando mirar a Mike directamente.

–He estado hablando con Dave, le he mostrado unos cuantos bocetos y me ha dicho que os los traiga a vosotros.

Mike veía cómo movía los labios, escuchaba su voz, pero no podía centrarse en lo que estaba diciendo mientras Jenny explicaba su idea sobre un nuevo personaje. Su cerebro no paraba de repasar las imágenes de la otra noche. ¿Cómo diablos iba a centrarse en el trabajo con aquellos recuerdos sexuales flotándole por el cerebro y torturándole el cuerpo?

–Son geniales –estaba diciendo Sean. Se inclinó casi rozando a Jenny para mirar el esbozo que ella sujetaba y Mike sintió una punzada de irritación.

¿Por qué tenía Sean que colgarse prácticamente del hombro de Jenny para mirar el dibujo?

–A ver –dijo Mike bruscamente, rompiendo lo que a él le parecía una escena demasiado cariñosa.

Sean fue pasando los dibujos y dijo:

–Me gusta la idea de que una mujer poderosa venga en ayuda del héroe atormentado –sonrió–. Puede que así consigamos además más jugadoras.

Mike asintió mientras miraba los dibujos y una vez más se vio obligado a reconocer que Jenny Marshall tenía mucho talento. No eran dibujos completos, más bien la idea del nuevo personaje, pero incluso en aquella fase inicial podía ver la belleza que desprendería cuando estuviera terminado. La bruja era alta, poderosa, mágica y un añadido perfecto al juego.

Miró de reojo a Jenny y se dio cuenta de que le estaba mirando, esperando a escuchar su opinión. Y en sus ojos vio resignación, como si estuviera esperando que echara por tierra sus ideas. Bueno, qué diablos, tal vez tuviera problemas con ella, pero no era ningún idiota.

—Es un buen trabajo.

—Vaya, menudo halago –murmuró Sean recibiendo a cambio una tímida sonrisa agradecida de Jenny.

Mike ignoró aquella nueva punzada de irritación y siguió hablando.

—Guardaré los grandes halagos para cuando vea la idea plasmada. Pero por ahora estoy de acuerdo en que será un buen añadido al juego.

Una sonrisa lenta y complacida asomó a los labios de Jenny. Todo el interior de Mike se suavizó. El efecto que aquella mujer tenía sobre él resultaba peligroso. Y no parecía que fuera a disiparse.

—Gracias –se limitó a decir ella.

Los ojos le brillaban con una profunda gratitud de la que solo Mike era consciente. Le hacía sentirse un matón saber que Jenny esperara que rechazara completamente sus ideas solo porque eran de ella.

Le devolvió los dibujos y se giró hacia su hermano.

—¿Qué te parece? ¿Podemos añadir una nueva línea de guión y que los guionistas la tengan lista para el fin de semana?

—Seguramente –dijo Sean–. Pero, ¿por qué tanta prisa?

Mike miró de reojo a Jenny.

–Jenny y yo nos vamos a Laughlin para ver el nuevo hotel. Saldremos el lunes y estaremos fuera un par de días.

Ella se revolvió incómoda en la silla y Mike se dio cuenta. Confiaba en que Sean no se hubiera fijado. A veces su hermano pequeño era demasiado perceptivo.

–Bueno –dijo Sean poniéndose de pie–, entonces hablaré con los guionistas para que refuercen la historia. Y si tú pudieras acabar esos esbozos sería estupendo, Jenny –añadió.

–Puedo tenerlos listos dentro de una hora –afirmó ella levantándose y dirigiéndose a la puerta.

–Estupendo. ¿Quieres empezar con los cambios en el guion gráfico ahora, Sean?

–¿No deberíamos llamar a Brady antes de tomar una decisión final?

Mike pensó en ello y luego se frotó la nuca con la mano.

–No. Se lo contaremos en la próxima videoconferencia, pero seguro que estará de acuerdo.

–De acuerdo –Sean salió–. Voy a organizarlo todo.

–Enseguida voy –dijo Mike a su espalda. Una vez a solas con Jenny, se levantó y le preguntó–: ¿te viene bien salir el lunes?

–Ah, ¿así que vas a preguntarme? –dijo ella mirando hacia atrás para asegurarse de que el pasillo que quedaba a su espalda estaba vacío–. Pensé que se trataba de un decreto real.

Mike torció el gesto y se metió las manos en los bolsillos de los pantalones.

–Hablamos de ir al hotel.

–Sí, pero no me dijiste una fecha concreta –insistió Jenny–. Y el lunes había quedado para cenar con mi tío.

Todo el interior de Mike se contrajo ante aquel recordatorio de Hank Snyder, tío de Jenny y dueño de Snyder Arts.

–No tienes por qué poner esa cara –le pidió ella–. Tal vez no te caiga bien mi tío, pero yo le quiero. Es mi familia.

–Ese es el problema.

Dos personas pasaron por el pasillo alzando la voz mientras discutían.

–Los zombis tienen que morir cuando les cortas la cabeza.

–Eso es en la vida real, no en los juegos.

–Pero tenemos que intentar al menos ser realistas, ¿no?

–Si quieres realismo, entonces nuestros zombis tendrían que comer cerebros, no solo morder a la gente.

Sus voces se fueron acallando cuando entraron en la sala de descanso y cerraron la puerta tras ellos. Jenny sonrió.

–Zombis en la vida real –miró a Mike–. Llevamos una vida muy rara.

Lo único que Mike veía era aquella sonrisa, y tras unos segundos no pudo evitar sonreír también.

–Sí, supongo que sí. Entonces, ¿lunes?

–Estaré preparada –afirmó ella–. ¿Nos vemos aquí?

Mike sacudió la cabeza.

–Te recogeré a las nueve. Volaremos hasta Las Vegas en el jet de la empresa.

–De acuerdo –suspiró Jenny–. Y ahora será mejor que termine los dibujos de mi mujer sabia.

Mike cruzó la estancia y apoyó un hombro en el quicio de la puerta. Al verla marcharse se preguntó si cuando todo aquello terminara, verla alejarse sería su recuerdo más claro.

# *Capítulo Cuatro*

–Solo estaré fuera una noche, tío Hank.

–Con él –murmuró Hank Snyder entre dientes.

Jenny suspiró y dejó caer la cabeza hacia atrás. Era lunes por la mañana; Mike aparecería en cualquier momento y ella todavía tenía que terminar de hacer el equipaje. Pero mientras su tío seguía echándole la bronca, se dio cuenta de que la culpa era suya.

Nunca tendría que haberle contado a su tío la acusación que le hizo Mike un año atrás. Pero debía decir en su defensa que en aquel entonces estaba muy disgustada y Hank se había pasado por su apartamento justo cuando ella estaba en plena llantina. Así que en lugar de cerrarse le soltó todo al hombre que la había criado.

Por supuesto, la primera reacción de su tío fue querer ir a Celtic Knot y darle a Mike Ryan un puñetazo en la boca. Por suerte Jenny le convenció de que no lo hiciera, pero Hank no había olvidado ni perdonado. De hecho había intentado convencerla para que no fuera a trabajar con los hermanos Ryan, pero tanto entonces como ahora Jenny se negó a que la presencia de Mike Ryan marcara su vida y su carrera profesional.

–Es mi jefe –dijo finalmente.

–No tiene por qué serlo –le dijo Hank–. Podrías venir a trabajar conmigo. Ya lo sabes.

Jenny agarró con más fuerza el teléfono. Snyder Arts era una empresa pequeña con un excelente programa de arte. Simplificaba las artes gráficas y digitales. Vendían el programa a empresas que querían refinar su departamento de artes gráficas. Por eso Hank había intentado llegar a un acuerdo con Celtic Knot en un principio. Había pensado que su programa modernizaría el departamento de arte y diseño de la empresa de juegos y Jenny creía que estaba en lo cierto.

Jenny suspiró y se apoyó en la puerta del baño.

–Lo sé, tío Hank, y te lo agradezco, de verdad. Pero no estoy interesada en ventas ni en marketing. Soy una artista y se me da bien lo que hago.

–Eres la mejor, cariño –afirmó su tío–. No quiero que estés triste, eso es todo. Y no me gusta que tengas que tratar con un hombre que tiene una opinión tan baja de ti.

–Lo que piense Mike desde un punto de vista personal no me importa –mintió ella–. Me gusta mi trabajo. Y este viaje a Laughlin será rápido. Quiero ver el hotel para empezar a pensar en los murales.

–De acuerdo, de acuerdo. Pero ten cuidado, y llámame en cuanto vuelvas a casa.

Jenny escuchó a su tío hablar de Snyder Arts mientras guardaba los productos de aseo en el neceser de viaje. Luego entró en el dormitorio, guardó la bolsa en la maleta y se sentó al borde de la cama. Ahora estaba preparada para marcharse. Bueno, todo lo preparada que podía estar. Dos días a solas con Mike podían ser algo horrible o maravilloso. Y aunque fuera maravilloso a la larga sería horrible. Mike la deseaba, eso estaba claro. Pero no quería desearla, y Jenny no sabía cómo lidiar con aquello.

Se había pasado toda la vida sabiendo que no era querida. Sus propios padres la habían abandonado sin pestañear. Jenny tenía doce años cuando decidieron que no querían cargar con una hija y que estaban aburridos de ser padres. La dejaron con Hank, el hermano mayor de su madre.

Hank era un viudo que se había entregado por completo al trabajo en su empresa tras la muerte de su mujer. Por aquel entonces apenas paraba en casa, así que tuvo que reacomodar toda su vida para recibir a Jenny. Y ella lo sabía. Intentó ser lo más invisible posible para que él no tomara la decisión de marcharse también.

Aunque era una niña, Jenny percibió que no había sido decisión de Hank quedarse con ella. Lo había hecho porque era lo correcto. Pero siempre había sido cariñoso con ella y la había apoyado, y Jenny le estaba agradecida por muchas cosas.

—No me estás escuchando —le dijo ahora él riéndose brevemente.

—Me has pillado —reconoció Jenny—. Lo siento, tío Hank. Tenía la cabeza en otro lado.

—No pasa nada. Ya sé que estás a punto de irte. Solo quiero recordarte que tengas cuidado.

—Lo haré, te lo prometo —Jenny miró por la ventana y vio llegar el coche de Mike. Se le formó un nudo en el estómago—. Tengo que irme ya.

Su tío colgó, Jenny se guardó el móvil en el bolsillo, cerró la maleta y se animó a sí misma a tranquilizarse. Fuera, Mike salió del coche y miró hacia su apartamento. Jenny sintió por un instante que la estaba mirando directamente a los ojos.

Seguramente aquello era un error. Dos días. A solas. Con Mike Ryan.

Era imposible que aquello terminara bien.

Viajar con un multimillonario era muy revelador.

En el aeropuerto de Long Beach, la gente hizo todo lo posible por llamar la atención de Mike Ryan. Los mozos de las maletas corrieron a tomarles las maletas que ambos llevaban y luego el piloto salió de la cabina para recibirles personalmente a bordo.

Una vez montados en el jet privado, Jenny se acurrucó en el asiento de cuero y le dio un sorbo al café recién hecho que le sirvió un tripulante de cabina muy amable. Mike se centró en el trabajo, miraba tan fijamente la pantalla de su tablet que a Jenny le sorprendió que no la agujereara. Ella se dedicó a mirar las nubes y a disfrutar del vuelo, que se le hizo demasiado corto.

Aterrizaron en Las Vegas en menos de una hora. Allí también la gente se desvivió por hacerle a Mike la vida más fácil. Les estaba esperando un coche de alquiler, y tras cuarenta minutos de viaje por una autopista casi vacía flanqueada por desierto a ambos lados llegaron a Laughlin, Nevada.

Laughlin era como la hermana pequeña y más desenfadada de Las Vegas. Jenny había estado allí cinco años atrás en una despedida de soltera. Sonrió al recordarlo. Aquella era la razón por la que tenía preservativos en el cajón de la mesilla de su casa, fueron un regalo de la fiesta. En su momento le pareció una tontería, pero ahora Jenny agradecía el detalle, porque sin ellos no podría haber pasado una noche tan espectacular.

La ciudad había crecido mucho en cinco años. Había nuevos casinos y había crecido el turismo relacionado con los deportes acuáticos gracias a la mejora del río. Los Ryan habían hecho una buena elección al construir su hotel allí. Jenny se arrebujó en su chaqueta azul oscuro cuando una ráfaga de aire frío del desierto sopló con fuerza. Había nubes en el horizonte que anunciaban tormenta, pero por el momento el cielo estaba azul, y a su alrededor los árboles se agitaban movidos por el viento. Jenny salió al muelle y observó cómo el rio se agitaba debajo.

–Es un buen sitio.

Jenny giró la cabeza en el viento y miró hacia la orilla. Mike se dirigía a ella con las manos metidas en los bolsillos de su chaqueta de cuero negra.

Ella asintió y volvió a mirar al río.

–Eso es justo lo que estaba pensando. Hay tantos árboles que una se olvida de que está en el desierto.

–Sí, lo sé –Mike se rio entre dientes y se acercó un poco más a ella en borde del muelle–. Espera al verano y verás.

Jenny sonrió. Las temperaturas del desierto alcanzaban con facilidad los cuarenta y ocho grados centígrados durante el verano.

–Ya. Pero uno puede refrescarse en el río o en la piscina del hotel. Me pregunto por qué los dueños anteriores no lograron que funcionara este sitio –murmuró Jenny en voz alta–. Es un lugar estupendo. Vistas maravillosas, muchos árboles, una piscina genial…

–Y no hay juego –Mike entornó los ojos para que el sol no le cegara–. El antiguo dueño no aprobaba el juego, así que el hotel no lo ofrecía –se encogió de hombros–. Un hotel sin casino en una ciudad de juego no puede sobrevivir. Y tampoco tenía estancias para fumadores.

–¿Eso es importante?

–Sí, por lo mismo, esta es una ciudad de juego. La gente viene aquí para relajarse y echar unas monedas a la máquina… –Mike la miró–. No quieren sentirse despreciados por fumar.

–Tiene sentido –a Jenny no debería sorprenderle saber que había hecho los deberes observando los fallos del antiguo dueño y que había llegado a sus propias conclusiones. Mike Ryan siempre tenía un plan–. Entonces, ¿habrá juego?

Mike sonrió.

–No será un casino normal. Tendremos máquinas de echar monedas personalizadas por si a la gente le interesa. Basadas en el juego, por supuesto.

–Por supuesto –Jenny también sonrió y le miró. Era muy alto y tenía los hombros anchos. El cabello negro se le agitaba al viento y miraba el horizonte con los azules ojos entornados, como si estuviera observando un futuro que esperaba su conquista.

Oh, tenía que dejarlo ya.

–Pero el River Haunt no va a ser un hotel convencional –continuó Mike–. Está pensado para atraer a gente que le interesen los juegos, no el juego en sí. La gente que venga aquí busca una experiencia, la oportunidad de sentir que forman parte del juego que adoran.

Jenny sintió un escalofrío de placer. Le gustaba aquello. Estaban hablando de cosas importantes, y Mike no le había lanzado todavía ninguna pulla. Ninguna palabra de desaprobación. Tal vez se debiera a que estaban lejos de la rutina diaria, pero fuera cual fuera la razón, lo estaba disfrutando. Y tal vez, pensó, aquellos dos días con Mike no iban a ser tan duros como ella pensaba.

Jenny se giró un poco y miró hacia el hotel, situado en lo alto de una colina baja. Era antiguo pero robusto. La pintura que en el pasado fue roja se había desteñido por el sol hasta parecer casi rosa. Era un edificio grande, pero Jenny sabía que comparado con los nuevos hoteles situados orilla abajo del río, resultaba pequeño. El futuro River Haunt solo contaba con ciento cincuenta habitaciones y resultaría muy atractivo para los amantes de los juegos, que acudirían en tropel.

El hotel tenía un ancho porche que rodeaba la fachada del edificio y los grandes ventanales ofrecían una magnífica vista del río y de la mancha púrpura de las montañas a lo lejos. La pintura ahora rosa estaba algo desconchada y la forma de caja de la estructura no resultaba especialmente atractiva, pero Jenny sabía que Mike lo cambiaría todo con la reforma.

Como en el escenario del juego River Haunt, la construcción debía parecer una cabaña destartalada y abandonada. Una cabaña en la que fantasmas, zombis y otras criaturas sobrenaturales se reunían y atormentaban a los jugadores que luchaban para derrotar a Donn, señor de los muertos.

—Esto va a llevar mucho trabajo —murmuró Jenny para sus adentros—. Pero va a resultar increíble.

—Completamente de acuerdo.

Ella se giró y le sonrió. Mike la miró a los ojos y durante un maravilloso instante, Jenny sintió que eran un equipo. Que estaban en esto juntos. Y durante una décima de segundo deseó que así fuera.


Estaban aprovechando al máximo sus dos días en Nevada.

Mike se pasaba las horas con su contratista, Jacob Schmitt, repasando los planes para el River Haunt. Los dos paseaban por el hotel mirando las habitaciones y hablando del personal que se iba a quedar.

Mike apreciaba el buen trabajo y la lealtad, así que cuando le ofrecieron la posibilidad de mantener a algunos empleados del hotel la aprovechó.

–Supongo que la piscina será lo último que hagamos –dijo Jacob mientras cruzaban el vestíbulo principal para salir al muelle bañado por el sol–. Yo la dejaría por ahora como está para que tu gente pueda usarla mientras trabajan. Y así no nos arriesgamos a que las nuevas baldosas que quieres poner alrededor se rompan con las obras.

Mike observó los esbozos del arquitecto durante un largo instante.

–Es una buena idea –dijo finalmente.

Jacob se quitó la gorra de la cabeza y se rascó el cabello gris.

–Tal y como querías, las baldosas parecen ramas de madera tosca… recuerda al suelo del bosque.

Mike miró al hombre y sonrió.

–¿Conoces el juego de River Haunt?

–Qué remedio –contestó Jacob–. Mi hijo lo juega siempre que puede. Creo que este lugar es el sitio perfecto para lo que quieres –miró a su alrededor–. En mi opinión, el dueño anterior no le supo sacar partido. ¿Sabes? Mi hijo me está presionando para que le traiga un fin de semana largo al hotel.

Mike siguió la dirección de la mirada del otro hombre y se dio cuenta de que él también estaba deseando ver el hotel ya en marcha.

–Eso es genial. Te diré lo que vamos a hacer –sugirió–. Tú termina el trabajo a tiempo y dentro del presupuesto y tu familia puede quedarse aquí una semana con todos los gastos pagados.

Jacob alzó sus plateadas cejas y sonrió de oreja a oreja.

–Mi hijo va a pensar que soy un dios –señaló el esbozo de la zona de la piscina–. Aquí puedes ver que el muro que hay detrás de la piscina estará compuesto por troncos, en cada uno de ellos habrá plantas con flores que llegarán hasta el mismo borde de la piscina.

Mike escuchaba mientras miraba los dibujos a tinta y todo cobró vida en su cabeza. Tenía una buena imaginación, y la utilizó para cambiar mentalmente la aburrida piscina en forma de riñón en el lugar de fantasía que buscaba.

Casi podía verlo. Una cascada al final de la piscina, y detrás un bar donde los huéspedes serían atendidos escondidos detrás de una manta de agua. Habría hamacas color verde bosque y mesas que parecerían las ramas retorcidas de un viejo árbol. Las enredaderas con flores que había descrito Jacob formarían una cortina verde en el calor del desierto. Sería una buena representación del tipo de escenarios que se encontraban en el juego River Haunt.

A Mike le pareció escuchar incluso a los zombis acercarse con sus gruñidos. Le gustaría enseñarle los esbozos a Jenny, conocer su opinión. Después de todo ella había ido allí a trabajar, se recordó. Pero ahora estaba dentro buscando el mejor lugar para los murales que iba a pintar.

–He ampliado el muelle –dijo el contratista, recuperando la atención de Mike–. Así que tendrás sitio para los dos barcos que tienes pensado.

–Eso está bien. Queremos ofrecer cruceros nocturnos como parte de la experiencia.

–Por la noche es muy bonito –afirmó Jacob señalando a su alrededor con un gesto de la cabeza–. Si te alejas lo suficiente de la fila de hoteles se pueden ver las estrellas como nunca las verías en la ciudad.

–¿Sí? –hacía mucho tiempo que Mike no se tomaba el tiempo para mirar el cielo estrellado. Pero sería una experiencia de la que sí disfrutarían sus huéspedes–. ¿Qué te parece la idea de los animatrónicos?

Jacob se rio entre dientes y volvió a ponerse la gorra.

–Creo que va a asustar terriblemente a tus huéspedes –aseguró–. Pero supongo que para eso vienen, ¿no?

–Así es –Mike asintió y miró hacia la orilla del rio que se extendía a lo largo de la propiedad.

Había muchos arbustos espesos y árboles altos para esconder las figuras mecánicas de los espectros del río que se moverían y saldrían de entre las sombras.

–Estamos trabajando con los ingenieros para hacer los recipientes en los que se esconderán las criaturas cuando no tengan que salir y así estarán protegidas de los elementos –le informó Jacob.

–¿Podéis esconder los recipientes de modo que no se vean?

–Absolutamente.

Todo sonaba muy bien. Qué diablos, perfecto. Con un poco de suerte, el hotel estaría terminado y listo para recibir huéspedes en verano. Noches ardientes del desierto, cielos oscuros, el ambiente perfecto para asustar a la gente.

–Tengo al mejor equipo de construcción de Nevada –le aseguró Jacob–. Lo tendremos todo listo tal y como lo quieres.

Mike asintió y dijo:

–Haré algún viaje para ver cómo van las cosas, pero la señora Graves, la nueva directora del hotel, será la persona a la que debes dirigirte. Si tienes algún problema y no puedes contactar conmigo, habla con ella. Se asegurará de mantenerme informado.

–Así lo haré, y no te preocupes. Cuando esté terminado va a ser algo muy especial.

–Estoy de acuerdo –le dijo Mike dándose la vuelta para volver al hotel–. Vamos a ver las reformas que necesita la cocina. Quiero saber si habrá algún problema potencial.

–Bueno, tenemos algunos asuntos –dijo Jacob caminando a su lado–. Pero nada de que preocuparse.

Mike escuchó a medias mientras entraban. Había investigado todos los aspectos de aquella rehabilitación. Sabía que Jacob Schmitt haría un buen trabajo a un precio justo. Sabía que podía confiar en Teresa Graves para que resolviera las dificultades del día a día que pudieran surgir. Y estaba seguro de que la empresa de seguridad que había contratado protegería la propiedad.

Por supuesto, de lo único que no estaba seguro de todo aquello era de Jenny. No la había visto desde la conversación que tuvieron en el muelle unas horas atrás. Seguramente sería mejor que mantuvieran las distancias, pero que lo asparan si no quería ir a buscarla. Hablar con ella. Mirarla.

Y más.

Pero más le valía no seguir por ahí.

–De acuerdo, Jacob. Volvamos al trabajo.

# *Capítulo Cinco*

La imaginación de Jenny estaba desbordada. Se había llevado consigo sus ideas para los murales y había pasado las últimas dos horas caminando por los pasillos y las grandes salas de la planta principal pensando en dónde situarlos.

El restaurante era perfecto para poner un mural grande en la pared de atrás. Lo pintaría como si fuera un camino que llevara de la estancia al propio bosque, como un truco visual que permitiera a los huéspedes sentir que podían meterse dentro de la pintura.

En la pared de enfrente había grandes ventanales que mostraban la vista del terreno lleno de árboles y el río que quedaba detrás. Podrían rodearse de enredaderas verdes que treparan por la pared hasta la piscina. Aspiró con fuerza el aire y suspiró de placer al tener tantos espacios vacíos dispuestos a convertirse en fantasías. Estaba deseando agarrar los pinceles. Dios sabía que le gustaba su trabajo, pero tener la oportunidad de pintar en lugar de generar imágenes por ordenador era... más divertido.

Salió del comedor sonriendo y se dirigió al vestíbulo. Tenía una idea muy buena para la entrada del hotel. Había unos cuantos obreros arrancando el antiguo mostrador de recepción. Era demasiado convencional para lo que los Ryan tenían en mente.

—Perdone —dijo acercándose a uno de los hombres—.

¿Con quién tengo que hablar sobre el color de la pintura que quiero para esta pared?

–Con Jacob –respondió el obrero, un hombre de treinta y tantos años moreno y atractivo–. Creo que está en la cocina con el jefe. ¿De qué color la quiere pintar? –preguntó el obrero con una sonrisa seductora.

Jenny miró la pared en cuestión. Era lo primero que se veía al entrar en el hotel. Ahora mismo estaba pintada de color crema, pero cuando Jenny terminara con ella sería… mística.

Cuando respondió no estaba hablando con el obrero, sino que describió su visión para sí misma, como si la lanzara al universo.

–De púrpura –dijo ladeando la cabeza como si aquel espacio vacío cambiara de color mientras ella hablaba–. Quiero el color del atardecer justo antes de que caiga la noche. Habrá unas cuantas estrellas incipientes en el cielo con una nubes oscuras pasando por delante de la luna llena –suspiró antes de continuar–. Bajo las estrellas habrá un bosque y la luz plateada de la luna se filtrará a través de los árboles. Entre las sombras se asomarán ojos amarillos y rojos que te miran fijamente, pero la noche te atrapa con sus promesas y soñarás con ese bosque y con los ojos que te siguen mientras caminas.

Guardó silencio y todavía seguía mirando la pared vacía cuando el obrero dijo:

–Vaya, señorita, es usted un poco siniestra, ¿lo sabía?

Jenny se rio hasta que escuchó la voz de Mike a su espalda.

–No te haces una idea.

Se dio la vuelta y al mirar a Mike a los ojos vio

aquel destello de rabia tan familiar. Por el amor de Dios, ¿qué había hecho ahora?

–¿No tienes trabajo? –le preguntó Jacob al hombre, que se marchó de allí a toda prisa haciendo como si estuviera muy ocupado.

–Gracias por la visita, Jacob –estaba diciendo Mike–. Nos vemos mañana aquí otra vez.

–Aquí estaré –dijo el contratista saludando a Jenny con una inclinación de cabeza–. Señorita, haga una nota con los colores que quiere aquí y me aseguraré de que el mensaje les llegue a los pintores.

–Gracias. Estará lista mañana.

–Bien –Jacob volvió a mirar a Mike–. La cuadrilla empieza por la mañana con la planta principal. Tú y yo podemos echar un vistazo en los pisos superiores y hablar de lo que quieres.

–Nos vemos mañana, entonces –Mike tomó a Jenny del codo y la dirigió hacia la puerta de entrada.

Pero ella se zafó porque no quería que la arrastrara como un perro por la correa y porque necesitaba el bolso.

–Espera un momento –le espetó cruzando el vestíbulo para agarrar el bolso y colgárselo al hombro–. Ahora estoy lista.

Mike apretó los dientes. Jenny podía ver el músculo de sus mandíbulas tenso y casi se alegró de saber que tenía la capacidad de irritarle con tanta facilidad. Por supuesto, le divertiría todavía más saber qué había hecho para que él caminara como si tuviera una lanza de acero entre los omóplatos.

Jenny salió por la puerta sin esperarle y se detuvo al llegar a la puerta del copiloto del coche de alquiler para esperar.

Mike la miró por encima del techo del coche.

–¿Qué diablos estabas haciendo? –inquirió.

–Mi trabajo –le espetó ella abriendo la puerta y entrando.

Él hizo lo mismo, metió la llave en el contacto y arrancó el motor. Ninguno de los dos volvió a hablar en el corto trayecto hasta el hotel en el que iban a pasar la noche.

Cuando llegaron, Mike le entregó el vehículo al aparcacoches y Jenny entró en el hotel antes de que pudiera seguirla. Mike la agarró del codo una vez más para obligarla a pararse.

–¿Te importa dejar de hacer eso? –Jenny le miró la mano y luego a los ojos.

Los turistas se movían a su alrededor por el vestíbulo y entraban al casino. Se escuchaba el sonido de campanas, silbidos y risotadas.

–No voy a tener esta conversación contigo aquí –afirmó Mike.

Jenny se estremeció al escuchar la frialdad de su tono.

–Yo no voy a tener esta conversación en ninguna parte.

–Claro que sí. Hablaremos del asunto arriba. ¿Tu habitación o la mía?

–¡Ja! –ella se rio brevemente–. A pesar de lo encantadora que resulta la invitación, creo que paso.

–O hablamos a solas o lo hacemos aquí en medio del maldito hotel –dijo Mike bajando el tono de voz hasta convertirlo en un susurro.

–Muy bien. Arriba. En mi habitación, porque quiero tener la oportunidad de decirte que te vayas.

Mike resopló, la tomó del codo con fuerza y la llevó

hasta los ascensores. Uno de ellos se abrió al instante en cuanto Mike pulsó el botón. Los dos entraron cuando se vació y fueron rodeados al instante por media docena de personas. Cuando por fin llegaron a la planta número once, Jenny se bajó y él la siguió.

El pasillo estaba tenuemente iluminado y era estrecho, y con Mike caminando justo detrás de ella se lo pareció todavía más. Llegó a la puerta, metió la llave de tarjeta en la ranura y la abrió. Había dejado las cortinas abiertas, así que el sol de la tarde inundaba la habitación cuando Jenny se acercó a la cama y dejó el bolso encima.

Mike cerró la puerta y se le acercó cuando ella se giró para mirarle.

–¿Qué diablos ha sido eso, lo tuyo con el carpintero? –le espetó él.

–¿Qué diablos ha sido qué? –Jenny alzó las manos y luego las dejó caer.

–Cuando entré en el vestíbulo tú estabas coqueteando y él babeando, así que te lo vuelvo a preguntar, ¿qué diablos ha sido eso?

Completamente asombrada, Jenny se le quedó mirando con la boca abierta unos segundos.

–¿Coqueteando? –repitió mientras sentía cómo se le formaba una bola de rabia en la boca del estómago–. Estaba hablando de pintura. Del mural que quiero para la pared del vestíbulo.

–Sí, escuché el final de la actuación –Mike la atajó con un movimiento de la mano–. Con esa voz ronca y suave. Diablos, tenías a ese carpintero allí de pie con la boca abierta y los ojos salidos de la órbitas.

–¿Ronca? ¿Suave? –Jenny se preguntó si realmente habría sonado así. Luego sacudió la cabeza. Daba lo mismo. Ella no estaba coqueteando, se había perdido en su propia ensoñación.

Mike aspiró con fuerza el aire y dijo:

–Tenías esa misma voz cuando te despertaste entre mis brazos.

Ahora le tocó a Jenny el turno de aspirar con fuerza el aire. Recordarle la última noche que habían pasado juntos no era jugar limpio.

–Estás equivocado.

Mike dio un paso adelante, la agarró de los antebrazos y la atrajo hacia sí. A Jenny se le aceleró el corazón, y lo tenía tan cerca que sintió cómo a él se le aceleraba al mismo ritmo.

–Sé lo que he oído –aseguró Mike mirándola a los ojos–. Lo que he visto.

Jenny contuvo el instinto natural de rodearle la cintura con los brazos. Ponerse de puntillas y darle un beso. Sentir aquella oleada de increíbles sensaciones una vez más. Pero se recordó a sí misma el mal concepto que tenía Mike de ella. El hecho de que solo el deseo motivaba sus acciones.

–No estaba coqueteando –le dijo–. Pero aunque así fuera, ¿a ti qué te importa? Eres mi jefe, Mike, no mi novio.

–Soy tu jefe –reconoció él–. Y no quiero que andes distrayendo a la cuadrilla. Quiero que estén concentrados en el trabajo, no en ti.

Asombrada de nuevo, Jenny inquirió:

–¿Te estás escuchando? ¿No te das cuenta siquiera de cuando me insultas? No sé si lo haces por instinto o es algo deliberado.

–¿Insultarte? Entro en el vestíbulo de mi nuevo hotel y te encuentro prácticamente babeando frente a un hombre con un cinturón de herramientas, ¿y te estoy insultando?

–Así es, y lo peor es que no te das cuenta –dijo Jenny dejando caer las manos contra su duro pecho para apartarle de sí. Se distanció unos pasos, lo necesitaba–. Estoy aquí para hacer mi trabajo, Mike. Eres mi jefe, no mi amante.

–No es ese el recuerdo que yo tengo.

Ella se sonrojó. Maldición. Jenny podía sentir cómo el pulso le latía en las mejillas. Confiaba en que al tener el sol detrás el rostro se le quedara en sombras y Mike no lo notara.

–Haber pasado un par de noches contigo no te convierte en mi amante. Te convierte en… un error –dijo finalmente–. ¿No fue así como tú mismo lo calificaste la primera noche? Ah, y también la última.

Mike se metió las manos en los bolsillos y se la quedó mirando con intensidad.

–Sí. Fue un error. Pero eso no significa que me guste quedarme mirando cómo vuelves loco a un pobre tipo.

–No sabía que tuviera tanto poder –afirmó Jenny sacudiendo la cabeza–. Y no me pareció que se hubiera vuelto loco… en cambio tú sí.

–Yo estaba enfadado, no loco.

¿Se habría puesto celoso? ¿Sería posible que Mike Ryan la hubiera visto hablando con otro hombre y hubiera sentido un instinto territorial? Y si así era, ¿qué significaba?

–¿De verdad? ¿Enfadado porque estuviera «coqueteando» con alguien que no eras tú?

–Estabas coqueteando en el trabajo, eso es todo –Mike se sacó las manos de los bolsillos y se cruzó de brazos–. No veas más allá de lo que no hay.

Jenny se acercó otra vez a él. Aquella era la conversación más extraña que había tenido en su vida. Una semana atrás había jurado que no volvería a acostarse con Mike. Sabía que eso sería un billete hacia el desastre. Y sin embargo allí estaba ahora, rindiéndose al deseo que la había llevado a su cama aquella primera vez.

No. No podía. Otra vez no. No podía arriesgarse a pasar por más dolor. Con aquel pensamiento en mente, se detuvo donde estaba, alzó la vista para mirar a Mike y dijo:

—No vamos a volver a hacer esto. No me acostaré contigo otra vez.

—No te lo he pedido.

Ella sonrió con tristeza.

—Sí lo has hecho. Aunque no con palabras.

—¿Ahora sabes leer el pensamiento?

—No me hace falta —Jenny aspiró con fuerza el aire para intentar calmar el nudo que se le había formado dentro—. Pero sé lo que sucede cuando los dos estamos solos.

Transcurrieron unos segundos y el silencio se hizo muy pesado. Una especie de tensión flotaba en el aire. Jenny agarró los rasgados jirones de autocontrol que le quedaban. Si Mike la besaba estaría perdida y ella lo sabía.

—Maldita sea —dijo él finalmente con un gruñido—. No te equivocas —dejó caer la mirada de sus ojos a los labios—. Te vi con ese carpintero y… da igual. Como tú has dicho, no es asunto mío.

Jenny asintió y dijo:

—Vamos a olvidarlo, ¿de acuerdo? Mañana terminaremos el trabajo aquí, volveremos a casa y todo regresará a la normalidad.

Los azules ojos de Mike brillaron durante un instante con una chispa que Jenny no fue capaz de identificar, y tal vez fuera mejor así.

–A la normalidad –Mike asintió con firmeza–. Creo que terminaremos en el hotel sobre mediodía. Luego volveremos a casa y nos olvidaremos de este maldito viaje.

A Jenny le dio un vuelco al corazón, pero forzó una sonrisa y se guardó para sí aquella pequeña punzada de dolor. Mike quería olvidar todo el viaje. Olvidar que había estado allí con ella, incluso aquel breve momento que habían compartido en el muelle cuando hablaron como dos buenos amigos… o incluso como algo más.

No le resultaría fácil olvidar, se dijo Jenny, pero era el único camino a la cordura. Agarrarse a lo que sentía por Mike, unos sentimientos que no quería detenerse a examinar demasiado, solo añadiría dolor más adelante. Tenía que encontrar una manera de soltar lo que podría haber sido y centrarse en los hechos fríos y desnudos.

El hombre que le interesaba no quería saber nada de ella más allá de la cama.

Y eso no era suficiente.

–Entonces te veré por la mañana –dijo Mike interrumpiendo sus pensamientos–. A las nueve en punto.

–Estaré lista –cuando él se marchó, Jenny se dejó caer sobre el extremo de la cama como una marioneta a la que le hubieran cortado las cuerdas.

Aquello sería mucho más fácil si ella no sintiera nada.


Mike pasó la tarde trabajando en su suite. Pensaba que si mantenía la mente ocupada con números, presupuestos y planes para el futuro de la empresa no tendría tiempo para pensar en Jenny. O en el aspecto que tenía cuando la escuchó describir la pintura que quería. Que no escucharía la magia de su voz ni vería el interés en los ojos del carpintero cuando la miraba.

Y que no seguiría viendo la expresión de su rostro cuando él actuó como un tarado de comedia al acusarla de coquetear con aquel tipo. Qué diablos, aunque fuera verdad no era asunto suyo, tal y como había dicho Jenny. Pero odió ver a otro hombre mirando tan fijamente el rostro de Jenny. Y odiaba haberle echado la culpa a ella de lo que estaba sintiendo él.

—No sé qué está pasando aquí —murmuró sombríamente—, pero no me gusta.

Siempre había tenido el control de sus sentimientos y sus emociones… hasta que conoció a Jenny. Y no sabía cómo tomárselo.

Mike se pasó una mano por la cara, se levantó de la silla y se acercó a la terraza. Cuando sonó el móvil se lo sacó del bolsillo mientras abría la puerta y salía al viento frío del desierto. Miró la pantalla y luego contestó.

—Hola, mamá.

—Hola. ¿Qué tal por Laughlin? Me ha contado Sean que estás ahí visitando el nuevo hotel.

—El hotel está ahora mismo en un estado algo triste, pero creo que quedará bien.

—Por supuesto que sí —le aseguró su madre—. Mis hijos siempre logran lo que se proponen.

Mike sonrió para sus adentros.

—Sean dice que Jenny Marshall tiene unas ideas buenísimas para el arte —su madre hizo una breve pausa—. Dice que Jenny tú estáis ahí. Juntos.

—¿Sí? —Mike sacudió la cabeza e ignoró el tono

de interés de la voz de Peggy Ryan. No pudo evitar preguntarse si todas las madres estarían tan decididas como la suya a ver a sus hijos casados.

–Sí, me ha dicho que Jenny y tú vais a estar trabajando juntos durante meses en el nuevo hotel…

–No empieces –le advirtió Mike con tono cariñoso.

–Bueno, ¿por qué no? –inquirió Peggy con un resoplido–. Te estás haciendo mayor, ¿sabes? Y conozco a Jenny. Es una chica encantadora. Tiene talento. Y además es muy guapa.

Todo era cierto, pensó Mike. Y también era inteligente, con opiniones propias, deseable… ah, sí, y también indigna de confianza. Torció el gesto y recordó lo cómoda que parecía estar aquel día con el maldito carpintero.

–Mamá…

–No puedes culpar a una madre por tener esperanzas –le atajó ella.

–No tengo ningún interés en casarme, mamá –afirmó Mike con rotundidad. Y ella debería saber por qué, pero Mike había aprendido a lo largo de los años que Peggy Ryan deseaba más que nada en el mundo olvidar el día que lo había cambiado todo.

Escuchó un suspiro y su madre dijo:

–Muy bien. Eres un cabezota. Igual que tu padre.

Mike frunció todavía más el ceño, pero no dijo nada. Su madre pareció no darse cuenta, porque siguió hablando.

–Quería recordarte que la semana que viene es el cumpleaños de tu padre y quiero que vengáis Sean y tú, ¿de acuerdo?

Mike aspiró con fuerza el aire y lo fue soltando lentamente. No había forma de evitarlo y lo sabía. Pero nunca le apetecía estar en compañía de su padre. Era… extraño. Incómodo.

Aunque no siempre fue así. Hasta que cumplió trece años, Mike consideraba a su padre su héroe. Fuerte, grande, con sonrisa fácil y naturaleza amable, Jack Ryan era el padre que muchos niños soñaban. Enseñó a sus hijos a hacer surf y jugaba al béisbol con ellos durante horas.

Pero cuando cumplió trece años, Mike descubrió que el padre al que idolatraba era también un mentiroso. Y aquel descubrimiento coloreó a partir de entonces la imagen que tenía de él. Mike no fue capaz de perdonar ni de olvidar. Jack había intentado muchas veces salvar la distancia que había entre ellos, pero Mike no se dejó.

Los recuerdos eran a veces demasiado vívidos, y las imágenes del día en que su padre cayó del pedestal seguían siendo tan claras ahora como entonces.

–Oh, Mike –dijo su madre con un suspiro–. Lo siento mucho. No puedes ni imaginarte cuánto lo siento.

Mike se puso tenso.

–Tú no hiciste nada malo, mamá.

–Sí –arguyó ella–. Lo hice. Y desearía con todo mi corazón volver atrás. Cambiar ese día.

–Sí, bueno, eso no se puede hacer –Mike agarró con más fuerza el móvil–. Así que vamos a dejar el pasado atrás, ¿de acuerdo?

–Ojalá pudieras hacerlo, cariño –Peggy volvió a suspirar–. Pero quiero que vengas a la cena de cumpleaños de tu padre, Mike. No pongas excusas. Sean ya ha prometido que estará allí.

Por supuesto que sí. Sean no sabía lo que sabía Mike. Nunca le había contado a su hermano pequeño la caída en desgracia de su padre. ¿Para protegerle? Tal vez. O tal vez le resultaba dura la idea de que hubiera más gente que lo supiera. En cualquier caso, Sean seguía en la ignorancia y así debía ser.

–Muy bien. Allí estaré –dijo sabiendo que su madre no se detendría hasta que le hubiera convencido.

–Gracias, cariño. Nos vemos ahí entonces –hizo una pausa–. Ah, y saluda a Jenny de mi parte.

Mike colgó mientras la escuchaba reír. Sacudió la cabeza y apoyó los antebrazos en la barandilla de la terraza para ver a la gente que pasaba por debajo. Entonces la vio. Jenny. Todo en él se puso tenso al verla caminar sola en medio de la noche con la luz de la luna y las luces de neón jugando en su pelo.

# *Capítulo Seis*

La normalidad era algo relativo.

Jenny se recordó a sí misma varias veces durante la semana siguiente que se suponía que Mike y ella tenían que volver a la «normalidad». Y al parecer así era. Para ellos.

El primer día que volvieron a la oficina se mantuvieron lejos el uno del otro. Pero enseguida se dieron cuenta de que era imposible por el trabajo. Jenny seguía trabajando con los esbozos de la mujer sabia para Cacería Salvaje, y también estaba con las pinturas para el nuevo hotel. No tenía tiempo para casi nada.

Entonces Mike se vio sobrepasado por la llamadas del contratista, el fontanero y el electricista y no podía dedicarse al trabajo del juego, así que Jenny se ofreció a ayudar. Con ella encargándose del hotel de Nevada, Mike tuvo el tiempo que necesitaba para trabajar con Sean y el departamento de marketing en el diseño de la portada y la campaña de publicidad destinada a promocionar el juego durante la semana de lanzamiento.

Jenny pasaba mucho tiempo en el despacho de Mike ocupándose de las llamadas de teléfono de las que luego tenía que informarle, así que terminaron pasando muchas horas juntos todos los días. Pero en vez de acercarles, aquello sirvió para señalar la tensión que iba creciendo entre ellos.

Como ahora, pensó Jenny al sentarse frente al escritorio de Mike. Él estaba al teléfono con el responsable de un blog que había escrito algo sobre Celtic Knot, así que Jenny pudo permitirse un minuto para observarle.

Tenía las facciones duras, era su cara de hombre de negocios. Frío. Sin concesiones. Despiadado. Le decía con voz seca al otro hombre lo que quería y esperaba, y a Jenny no le cupo la menor duda de que haría todo lo que le pidiera. Mike sabía cómo conseguir lo que quería.

Y durante un segundo ella deseó ser lo que él quería.

Entonces Mike colgó y Jenny obligó a su mente a dejar de lado las ensoñaciones que tanto le gustaban para centrarse en los asuntos de trabajo.

—Cuéntame —le pidió él jugueteando distraídamente con un bolígrafo entre los dedos.

—Jacob dice que los pintores pueden empezar la semana que viene —dijo Jenny comprobando los datos en la tablet—. También dice que los empleados del hotel que contrataste y que viven allí están ayudando a los obreros.

—Interesante —reconoció Mike—. Eso no era parte del acuerdo.

—Al parecer se aburren esperando a que abra el nuevo hotel —Jenny se encogió de hombros—. No tienen que marcharse y buscar un nuevo trabajo, así que tal vez les apetece echar una mano para que el hotel abra antes. Según Jacob se están dedicando más al trabajo sucio, como retirar muebles y cosas así y los obreros pueden centrarse en la reforma.

Mike asintió.

—Toma nota de los nombres de las personas que están ayudando. Les pagaremos por este trabajo extra y serán los primeros candidatos para un ascenso cuando el hotel esté en marcha.

—Ya tengo la lista preparada. Imaginé que querrías hacer algo así.

—Impresionante —Mike asintió con gesto de aprobación—. ¿Seguro que eres artista y no administradora?

Sorprendida por el cumplido, Jenny se rio.

—Soy artista, eso seguro. No me importa ayudarte con esto, pero si tuviera que hacerlo todos los días me volvería loca.

—Es una locura —admitió Mike—. Lo sé porque he tenido que lidiar toda la semana con los responsables de los blogs, los que prueban la versión beta del juego, los chicos de marketing y el equipo de diseño de la portada. A Sean no le gusta nada, a mí me parece bien, pero como ninguno de los dos está entusiasmado con ella tienen que volver a empezar de cero.

—¿Qué sale en la portada?

—El bosque, el atisbo de un guerrero saliendo de entre los árboles, la luna llena…

—Se parece mucho a la portada de Forest Run.

—¡Sí! Eso es exactamente lo que yo dije —Mike sacudió la cabeza, se levantó de la silla y se acercó a la ventana que daba al jardín y al cielo azul—. Tiene que ser distinto para que la gente no piense que se van a encontrar con el mismo tipo de fantasía al que ya están acostumbrados.

—Mmm —Jenny le siguió con la mirada mientras Mike cambiaba el peso de un pie a otro al lado de la ventana—. ¿Y si hacemos algo con la mujer sabia y el guerrero juntos para la portada?

Mike giró la cabeza para mirarla.

—Continúa.

–Tal vez un relámpago en el cielo –Jenny cerró un instante los ojos. Casi podía verlo–. Magia saliendo de las yemas de los dedos de ella, el viento agitándole el cabello, el brillo de la espada del guerrero…

–Me gusta –dijo él con voz más dulce que antes.

Jenny abrió los ojos, se miró en los suyos y por un segundo o dos se convenció a sí misma de que vio en ellos algo… especial. Pero el momento pasó rápidamente.

–Le contaré tu idea al equipo de diseño.

–Gracias –dijo ella sintiendo un nudo cálido de placer en el pecho.

–Eh, es agradable poder hablar con alguien que no necesita monitoreo constante. A veces lo único que quiero es tirar el móvil por la ventana.

–Lo entiendo perfectamente –¿ella no necesitaba monitoreo? ¿Significaba eso que estaba empezando a confiar en ella? Pero no, prefería no tener esperanza.

Jenny volvió a centrarse en la tablet y continuó:

–Será mejor que terminemos con esto. Los ingenieros están allí trabajando en los mecanismos para los fantasmas del río. Dicen que les llevará un par de meses tenerlo todo perfecto.

–Muy bien, ¿qué más?

–Ahora vienen las malas noticias.

Mike suspiró y apoyó una cadera en la esquina del escritorio.

–Me lo imaginaba. Adelante.

–Jacob dice que hay un problema con las tuberías.

–Estupendo. ¿Qué tipo de problema?

–El tipo de problema que implica poner tuberías nuevas. El mayor problema está en la cocina y en la zona de la piscina. Dice que probablemente durarían otros cinco años, pero después de esto tendrías que cambiar todo el sistema.

Mike se rio brevemente sin asomo de humor.

–Brady reformó un castillo entero del siglo quince y esas tuberías estaban bien. Yo estoy a cargo de un hotel construido en los años cincuenta y hay que cambiarlas. ¿Qué ocurre?

Jenny se encogió de hombros.

–Al parecer las tuberías de los castillos están hechas para durar.

–Al parecer. De acuerdo, ¿qué más dice Jacob?

Jenny se estremeció un poco.

–Que te recuerde que si esperas para hacerlo tendrás que quitar todas las baldosas nuevas que rodean la piscina y tirar un muro de la cocina para tener acceso a todo. Sugiere que lo hagas ahora.

–Claro –se rio Mike. Luego suspiró y se frotó la nuca–. ¿Y por qué diablos no vimos este problema durante la inspección? –murmuró.

–Jacob dice que es imposible verlo hasta que empiezas a meterte bajo la superficie.

Jenny aspiró con fuerza el aire. Aquello estaba yendo bastante bien. Estaban en la misma estancia y no se atacaban el uno al otro. Lo único que tenía que hacer era mantenerse centrada en el trabajo y todo saldría bien.

Aunque al mirar a Mike le resultaba difícil pensar en el trabajo. Lo que quería hacer era apartarle el pelo de la frente con una caricia. Acercarse y sentir sus brazos rodeándola. Apoyar la cabeza en su pecho y escuchar el latido de su corazón.

Se estaba deslizando hacia un lago de algo cálido, tentador y demasiado peligroso. Con aquel pensamiento en mente, alzó la barbilla y se centró solo en el trabajo.

—Dice que no encontraron problemas hasta que levantaron el suelo de la cocina. Es como en esos programas de televisión en los que una pareja compra una casa y cuando empieza con las reformas se encuentra cosas terribles bajo el suelo y detrás de las paredes —Jenny se estremeció—. Hace que te entren ganas de construir una casa nueva y evitar las viejas como una plaga.

Mike arqueó una de sus oscuras cejas.

—Tu apartamento es antiguo —le recordó.

—No creas que no me preocupo cada vez que veo gente en televisión que encuentra ratones y quién sabe qué más detrás de las paredes —Jenny sacudió la cabeza y volvió a estremecerse—. Intento no pensar en ello.

—No te culpo —los ojos de Mike la miraron durante un instante con amabilidad, casi con cariño. Luego fue como si bajara la persiana y volvieron a mostrarse fríos y desapasionados.

Jenny contuvo un suspiro.

—Jacob tiene razón —dijo él finalmente—. Hagamos el trabajo ahora y asegurémonos de que está bien hecho. Quiero que este hotel sea de primera categoría. Le llamaré yo mismo. ¿Algo más?

Mike agarró una botella de agua que tenía detrás, la abrió y dio un largo sorbo.

Jenny también tragó saliva. Resultaba ridículo que ver a un hombre beber hiciera que le sudaran las palmas. Se aclaró la garganta y volvió a mirar la tablet.

—Ah, sí. Hablé con la interiorista que contrataste para decorar el hotel. No tiene muy claro si quieres muebles modernos o algo más antiguo para las habitaciones. Le dije que yo creí que buscabas algo que tuviera aspecto de otro tiempo, casi de otro mundo si podía conseguirlo, pero que hablaría contigo para asegurarme.

–Es como tú dices –dijo Mike apartándose del escritorio–. Hablaré con ella, pero sí, eso es justo lo que quiero. Nada elegante y recargado, sino muebles sólidos y pesados que podrían pertenecer al pasado o al mundo de fantasía que estamos recreando.

–Creo que eso es perfecto.

La boca de Mike se curvó ligeramente y a Jenny le dio un vuelco el corazón dentro del pecho. Resultaba ridículo lo sensible que era ante aquel hombre.

–Me alegra que estés de acuerdo –dijo él–. Porque necesito que vengas conmigo a echar un vistazo a algunos muebles. La interiorista se encargará de la mayor parte. Me enviará fotos de lo que encuentre para que dé mi aprobación, pero Brady me habló de unos cuantos sitios que hay cerca de aquí que cuentan con cosas muy buenas. De hecho él las compró y las llevó hasta Irlanda para el castillo.

–De acuerdo, ¿cuándo quieres hacer eso?

–La semana que viene. Todavía tenemos muchas cosas que arreglar antes y… –hizo una pausa–. ¿no tienes que entregar mañana los dibujos de la mujer sabia?

–Sí, ya casi están listos –respondió ella sintiendo una punzada de culpabilidad. Normalmente entregaba su trabajo antes de cumplir el plazo, pero había estado tan ocupada con otras cosas…

–Si necesitas un par de días más, no te preocupes –Mike se le acercó más–. Sé que has estado ocupada con el trabajo del hotel.

–No me importa ayudar.

Mike se la quedó mirando.

–Y yo te lo agradezco.

Jenny tenía la boca seca y le latía con fuerza el corazón. Se quedó mirando sus ojos azules y sintió un calor que le recorrió todo el cuerpo. Estar cerca de Mike hacía que le temblaran las rodillas. Esto no era una buena idea.

Llamaron a la puerta con los nudillos y al instante entró Mike hablando.

–Eh, Mike, no te vas a creer lo que… –se detuvo, miró primero a uno y luego a otro y preguntó–: ¿Interrumpo algo?

Mike dio un único paso atrás, sacudió la cabeza y dijo:

–No. Habíamos terminado, ¿verdad?

Jenny miró a Sean y luego otra vez a Mike y vio en sus ojos que fuera lo que fuera lo que había estado cerniéndose sobre ellos, ahora había desaparecido. Seguramente era mejor así, se dijo para sus adentros. Pero ojalá Sean no hubiera aparecido.

–Sí –dijo cuando consiguió pronunciar palabra–. Hemos terminado.

Y cuando dejó a los hermanos a solas pensó que aquellas palabras sonaban aterradoramente irrevocables.


–Interesante –murmuró Sean en cuanto Jenny se marchó por el pasillo. Se giró para mirar a su hermano–. ¿Hay algo que quieras compartir con el resto de la clase?

–No –se limitó a decir Mike con la esperanza de que Sean lo dejara estar. Algo que por supuesto no hizo.

–Sabía que había algo entre vosotros dos.

—Tú no sabes nada —insistió Mike rodeando el escritorio para sentarse.

—Vamos, por favor, ¿crees que estoy ciego? —Sean se rio y se dejó caer en la silla que había frente a la de su hermano—. Estabais a punto de besaros.

—Ocúpate de tus asuntos, Sean.

Sean ignoró a su hermano y continuó.

—Las cosas estaban de lo más tensas entre vosotros antes de que fuerais a Laughlin. Y cuando volvisteis había todavía más tensión.

—No sé qué parte de «ocúpate de tus asuntos» te cuesta trabajo entender.

—Lo entiendo perfectamente —le aseguró Sean—. Pero no hago caso. Así que dime, ¿qué ocurre entre tú y la guapísima Jenny Marshall?

Mike le lanzó una mirada furibunda a su hermano.

—Ten cuidado.

—Oooh —Sean sonrió—. Territorial. Una buena señal.

—Maldita sea, Sean, déjalo ya —Mike pulsó algunas teclas del ordenador portátil con la esperanza de parecer ocupado—. ¿Para qué has venido?

Sin dejar de sonreír, su hermano dejó el tema.

—Quería hablarte de la propiedad de Wyoming.

Mike frunció el ceño.

—¿Hay algún problema?

—Con el sitio en sí, no —le informó Sean—. La compra ya se ha hecho, es todo nuestro. El problema lo tengo con el contratista.

—Eso me pasa a mí también —reconoció Mike pensando en todos los problemas que entrañaba poner en marcha un hotel.

—Sí, pero tu contratista es un hombre. Y con un hombre se puede hablar. La mía es al parecer la mejor contratista de la zona, Kate Wells –Sean sacudió la cabeza, se levantó de la silla y se acercó a la ventana–. Estamos en pleno invierno y ella quiere empezar con el interior del hotel. Dice que para qué perder tiempo. Dice que no puede poner a su equipo a trabajar en la nieve, pero que ahora tiene la agenda libre y quiere que empiecen antes con las reformas interiores.

–¿Y cuál es el problema? –Mike se reclinó en la silla y trató de mantener la atención en los asuntos de Sean. No resultaba fácil, porque su hermano tenía razón respecto a que habían estado a punto de besarse. Ahora estaba excitado y le resultaba todavía más difícil centrarse en Sean–. A mí me parece un buen plan.

–¿Ah, sí? –Sean se giró para mirarle con expresión desesperada–. Para empezar, tendría que ir hasta allí y trabajar con ella. Revisar el hotel, ver qué hace falta. Igual que tú en Laughlin.

–Ah –a pesar de todo lo que le tenía en la cabeza, Mike no pudo evitar sonreír–. De eso se trata. No quieres ir a Wyoming.

–Por supuesto que no quiero –le espetó Sean–. Hay nieve por todas partes. ¿Has mirado por la ventana hoy? –señaló hacia fuera–. Cielo azul, algunas nubes blancas y esponjosas. Hoy hay casi veintisiete grados. ¿Sabes qué temperatura hace en Wyoming? Yo sí. Lo he mirado. Menos dos. Y esa es la máxima.

Mike se rio entre dientes al ver la cara de su hermano.

–No es para siempre, Mike. Vas, haces el trabajo y vuelves. Como mucho te perderás unos cuantos días de surf. Sobrevivirás.

–Gracias por el apoyo –murmuró Sean–. Tengo que llevarme a uno de los artistas para que eche un vistazo a los sitios donde poner los murales. Eh –se le iluminó la cara–. ¿Crees que Jenny estaría interesada en hacer un viaje rápido al país de la nieve? Sus dibujos son geniales, así que me sería de gran ayuda y…

–No –la atajó Mike antes de que pudiera seguir. Que lo asparan si permitía que Jenny volara a Wyoming con Sean. Estarían solos en el avión, en el hotel… no.

–Vaya, eso ha sonado muy decidido.

–Llévate a otro.

–No va a ser fácil convencer a nadie para que cambie la playa por un banco de nieve.

–Todos tenemos nuestros problemas –le dijo Mike. Y su mente se dirigió al instante a Jenny.

El problema allí era que no podía dejar de pensar en ella, de desearla, de necesitarla. Y sabía muy bien que no tenía sitio en su vida para ella. Sabía que era una mentirosa. Sí, de acuerdo, no había mentido últimamente. Pero eso no significaba nada. Lo que tenía claro era que vendrían más mentiras. ¿Cuándo? ¿De qué tipo? ¿Y cómo diablos podía estar tan interesado en una mujer en la que sabía que no podía confiar?

Sean volvió a sentarse otra vez en la silla, apoyó los antebrazos en el escritorio y se inclinó hacia delante.

–Habla conmigo, Mike. ¿Qué te está pasando? ¿Qué ocurre con Jenny?

Sintió la tentación de confiarse a Sean, pero a Mike no le gustaba compartir sus cosas. Mantenía sus emociones y sus pensamientos guardados en su interior. No mucha gente lograba atravesar el muro que había construido a su alrededor. Quería a su hermano, pero había cosas de las que un hombre no hablaba. Con nadie.

Sacudió la cabeza y se pasó una mano por la cara.

–Nada de lo que quiera hablar, ¿de acuerdo?

Sean le miró durante un largo instante antes de decir:

—De acuerdo. Pero si quieres hablar estoy aquí. Recuérdalo.

—Lo haré.

—Bien. Vas a ir esta noche a casa de papá y mamá, ¿verdad? ¿No te vas a escabullir?

De un problema a otro. Mike había pensado no ir a la cena de cumpleaños de su padre. No necesitaba aquel agravante encima de todo lo demás que estaba pasando. Pero si no aparecía su madre se lo haría pagar. De alguna manera. Por muy mayor que uno se hiciera, las madres siempre mantenían algo de control sobre una persona. Y Peggy Ryan lo utilizaba sin ninguna dificultad.

—Sí, voy a ir.

—Vaya, qué entusiasmo.

Mike le miró de reojo.

—Voy a ir. Con eso debería bastar.

—No dejas de decir cosas que me hacen desear tener más información —le dijo su hermano reclinándose en la silla—. No quieres hablar de Jenny. ¿Y si me cuentas por qué estás siempre enfadado con papá?

—Tampoco quiero hablar de eso.

—No eres un hermano fácil —afirmó Sean sacudiendo la cabeza—. Guardas más secretos que la CIA.

—Por eso son secretos, porque no se habla de ellos.

—Eso es lo tú crees —le espetó su hermano—. Sabes que podría averiguarlo. Solo tendría que hablar con mamá.

—No lo hagas —no quería que su madre recordara aquel antiguo dolor. No quería que tuviera que contarle a su otro hijo las cosas que le había dicho a Sean inadvertidamente tantos años atrás.

–¿No lo hagas? ¿Es eso lo único que vas a decirme? Qué demonios, Mike, llevas en guerra con papá desde hace años y no quieres decirme por qué –Sean apoyó las manos en el extremo del escritorio–. Si tú sabes algo que yo debería saber, cuéntamelo.

Mike observó a su hermano durante un largo instante. Durante ese tiempo su mente recorrió los escenarios familiares a los que sabía que se enfrentaría durante la cena. Conversaciones tensas, su madre tratando de mostrarse excesivamente alegre y feliz, su padre lanzándole a Mike miradas de reojo. No iba a ser agradable. No iba a ser fácil. Pero entraría al juego por el bien de su madre.

En cuanto su hermano pequeño, no había razón para que se enfrentara a la mismas emociones que había tenido que vivir Mike cuando la familia estaba junta.

–Créeme, Sean, no quieres saberlo. Así que déjalo estar, ¿de acuerdo?

Durante un instante pareció que Sean iba a discutírselo, pero finalmente asintió y se puso de pie.

–Muy bien. Aunque recuerda una cosa: puede que sea tu hermano pequeño, pero ya no soy un niño al que necesitas proteger.

Tal vez no, pensó Mike, pero tampoco había razón para destrozarle las ilusiones.


Unas horas más tarde, Jenny dio un respingo mientras veía una película en la televisión cuando alguien llamó a la puerta. Llevaba pantalones de pijama de franela y una camiseta blanca y estaba acurrucada en el sofá con un cuenco de palomitas y una copa de vino. Intentaba no pensar y sumergirse en unas cuantas explosiones inofensivas de la televisión.

No esperaba a nadie, así que su imaginación conjuró todo tipo de imágenes de piratas, asesinos en serie e incluso de algún perturbado que se hubiera fugado de una institución mental.

No era especialmente miedosa, pero cuando estaba sola de noche a menudo pensaba en adoptar un perro. Un perro grande. Pero por el momento se levantó, miró a través de las cortinas y suspiró, aliviada y molesta al mismo tiempo.

Mike.

Al menos no era un atracador, pero, ¿por qué tenía que aparecer cuando ella tenía un aspecto terrible? Sin maquillar, el pelo despeinado y con un pijama de Star Wars. ¿Y qué más daba?, se preguntó a sí misma. Mike le había dejado claro que no estaba interesado en ella, así que estaba bien que viera su realidad… pijama de franela y todo.

Abrió la puerta y le miró.

–¿No preguntas quién es antes de abrir? –inquirió él con los ojos azules echando chispas.

–Guau. Hola a ti también.

–Vamos, Jenny, eres una mujer que vive sola. Deberías ser más inteligente.

–He mirado por la ventana y te he visto.

–Ah, entonces está bien.

–Muchas gracias. ¿Qué haces aquí, Mike? –le preguntó ella con una mano en la puerta abierta y la otra en el quicio.

–Sinceramente, no lo sé –reconoció él–. Acabo de cenar con mi familia en casa de mis padres y no quería volver a mi casa todavía. Conduje un rato por ahí y terminé aquí.

Fascinante.

Llevaba puesta una chaqueta negra encima de una camisa blanca desabrochada en el cuello, vaqueros negros y botas que parecían haber recorrido muchos kilómetros. Tenía el pelo revuelto por el viento y la mirada… vacía. Las facciones apretadas y los hombros tensos. Y Jenny pensó que estaba a punto de marcharse. No quería que lo hiciera.

—¿Quieres una copa de vino? —le preguntó.

Mike tenía la mirada clavada en la suya.

—Eso estaría bien, gracias.

Educado pero distante. A eso estaba acostumbrada, junto con un matiz de recelo. Pero aquella noche había en Mike una tristeza que no le había visto nunca antes y Jenny sintió una punzada de preocupación.

Mike entró y cerró la puerta tras de sí.

—Dices que vienes de casa de tus padres. ¿Están bien? ¿Sean?

Él la miró.

—Sí. Están todos bien.

Jenny ladeó la cabeza y le observó.

—Tú no.

Mike se rio brevemente y luego se rascó la mandíbula con una mano.

—No me gusta ser tan transparente, pero no, supongo que no.

Era la primera vez que veía a Mike Ryan vulnerable en cierto modo. Normalmente estaba al mando de todo, la cabeza visible de una compañía multimillonaria, y ver el dolor reflejado en su rostro le resultaba inquietante. Prefería verle rabioso contra ella que tan perdido.

—No tendría que haber venido —dijo Mike bruscamente.

Pero allí estaba, pensó Jenny. Fuera cual fuera la

razón, estaba triste y había acudido a ella. Eso significaba algo, ¿no?

–Quédate. Quítate la chaqueta. Toma asiento. Tómate una copa de vino, Mike.

Tardó un instante, pero finalmente asintió.

–De acuerdo, gracias.

Se quitó la chaqueta y la dejó en el respaldo de una silla. Luego se quedó mirando las palomitas y el vaso de vino antes de girarse hacia Jenny.

–¿Noche de película? –preguntó sentándose en el sofá y agarrando un puñado de palomitas.

Ella se encogió de hombros antes de ir a la cocina a traerle el vino. Cuando volvió le pasó una copa de *chadonnay*.

–Quería relajarme un poco.

Mike le dio un sorbo a la copa y sonrió mirando de reojo los pantalones que llevaba puestos Jenny.

–¿Pijama de Darth Vader?

Jenny sonrió también.

–Son cómodos –y eran un regalo de su tío Hank, pero dudaba que Mike quisiera escuchar eso.

–Eres una caja de sorpresas, Jenny –murmuró Mike.

–Bien. Eso significa que no estás completamente seguro de que deberías pensar lo que solías pensar porque ahora crees que tal vez estuvieras equivocado.

Mike parpadeó, sacudió la cabeza y se quedó mirando la pantalla de la televisión.

–¿Por qué has venido, Mike?

Él se giró lentamente hacia ella otra vez.

–Ya lo sabes.

Jenny sintió una punzada de emoción en la boca del estómago. Le dio un sorbo a su copa de vino para suavizar la garganta, que de pronto notó muy seca, y dejó la copa con cuidado en la mesa de cristal que tenía delante.

Sabía perfectamente a qué se refería. Lo había sentido en la oficina aquel día antes de que entrara Sean. Y el fuego seguía allí, tan ardiente como siempre. Actuar acorde a él sería un error garrafal. Pero no hacer nada la estaba volviendo loca.

–Sí –dijo en voz baja sosteniéndole la mirada–. Lo sé.

–Así que la pregunta es –murmuró Mike con tono íntimo–, ¿quieres que me vaya?

–No.

–Gracias a Dios –Mike dejó la copa y fue hacia ella.

Jenny apartó las palomitas y abrió los brazos para recibirle. Su mente no paraba de mandarle avisos, pero ella no quería escuchar. Deseaba a Mike, y eso no iba a cambiar.

Pero había algo más, admitió en silencio cuando la boca de Mike reclamó la suya. Se inclinó sobre él, se abrió a él y sintió que el calor se convertía en algo salvaje y al mismo tiempo… más firme que cualquier cosa que hubiera conocido jamás.

Contuvo el aliento al entender lo que estaba pasando. La cabeza empezó a darle vueltas y se agarró a Mike porque era el único punto firme de todo su universo.

Amaba a Mike Ryan.

Pero él no la amaba. No confiaba en ella.

Había una gran tristeza en ese hecho, y Jenny lo sabía. Pero se había pasado toda la vida esperando sentir lo que estaba experimentando ahora mismo.

Así que se arriesgaría a vivir aquel momento único aunque Mike nunca supiera lo que estaba sucediendo en su corazón.

# Capítulo Siete

Unos días más tarde Mike estaba en su escritorio cuando le entró una vídeollamada por el teléfono. La aceptó y el rostro de su hermano apareció en la pantalla.

–Odio Wyoming.

Mike se rio. Sean parecía estar al borde del colapso. Tenía los ojos entornados, barba de varios días y el gesto torcido.

–No te cortes, dime cómo te sientes de verdad.

–Muy gracioso –Sean miró hacia atrás y luego otra vez a la cámara–. No ha parado de nevar desde que llegué. Parece que no vaya a parar nunca. ¡Hace un frío increíble! Llevo dos jerséis para estar dentro.

Mike se rio entre dientes.

–¿Y cómo es cuando no estás quejándote del frío que hace?

Sean suspiró.

–Es bonito –reconoció–. Muchos árboles. Mucho campo abierto. ¿Y quién iba a imaginar que el cielo fuera tan grande cuando sales de la ciudad?

Mike sonrió. Él también había descubierto eso cuando estuvo con Jenny en Laughlin. Dejar que Jenny entrara en su mente le abría a recuerdos que nunca se apartaban de él. Su sonrisa. Sus ojos. La sensación de su piel contra la suya. El suave gemido de su respiración cuando se rendía a él. Pasarse por su casa después del trabajo, pasar la noche viendo películas, haciendo al amor, hablando del trabajo, del hotel. Hablando de todo menos del hecho de que no confiaba en ella.

Apartó de sí aquellos pensamientos y preguntó:

–¿Y cómo es el hotel, Sean?

–Grande. Frío. Vacío –Sean dejó escapar un suspiro de frustración y se pasó una mano por el pelo–. Pero tiene una buena estructura. Hay que hacer mucho trabajo para convertirlo en la fantasía de Forest Run.

–¿Y Kate Wells está por la labor?

–Al menos eso dice –murmuró Sean–. Además se le ha ocurrido una idea para albergar a todos los posibles participantes que vendrán a la futura convención. En el hotel solo hay ciento cincuenta habitaciones.

–¿En qué está pensando? –Mike agarró su café y le dio un largo sorbo.

Sean frunció todavía más el ceño.

–¿Eso es un capuchino? Maldito seas.

–Lo disfrutaré por ti.

–Gracias –Sean sacudió la cabeza–. Bueno, pues Kate cree que deberíamos poner algunas cabañas detrás del edificio principal, repartidas por el bosque. Darle a la gente más intimidad, una sensación de estar en un espacio abierto…

Mike asintió mientras pensaba en ello.

–Es una buena idea.

–Sí, lo sé.

–Pero no pareces contento.

–Porque ella estaba convencida de que lo era –le confesó Sean–. Y me da rabia reconocerlo.

–Parece que lo estás pasando bomba –dijo Mike dándole otro sorbo deliberado a su café.

Sean entornó los ojos.

–Esta mujer es la persona más obstinada con la que he tenido que trabajar jamás, y eso te incluye a ti.

–Mientras haga un buen trabajo, lo demás no tiene que importarte. ¿Vuelves mañana a casa?

–Ese es el plan, gracias a Dios –dijo Sean–. Kate está fuera, ha traído la camioneta. Naturalmente, sigue nevando.

–Si te hace sentir mejor, aquí estamos hoy a veinticuatro grados.

–Estupendo. Gracias. Esa es la guinda –se escuchó un portazo cercano. Sean miró a un lado y gritó–. ¿Qué?

–¿Qué sucede? –preguntó Mike.

–Seguramente sea cosa del karma –le dijo Sean con expresión angustiada–. Kate acaba de oír en la radio que el paso de la montaña está cerrado. Estoy atrapado en la nieve.

Mike intentó no reírse, pero su hermano parecía tan furioso y frustrado que no pudo evitarlo.

–Lo siento, lo siento –se disculpó levantando una mano al ver la cara de odio que le puso Sean.

–¿Qué tiene de gracioso? –inquirió su hermano–. Estoy atrapado en un hotel vacío con una constructora malhumorada y una montaña de nieve en la puerta.

–Está claro que solo resulta gracioso desde California –reconoció Mike–. ¿Pero tienes comida, calefacción?

–Sí –dijo Sean. Luego habló con alguien que estaba en la habitación con él–. Ven, te voy a presentar a mi hermano.

Un segundo más tarde apareció una mujer en la pantalla. Guapa, con el rostro en forma de corazón y los labios gruesos, tenía el pelo oscuro y los ojos tan azules como los de Sean. Llevaba una gorra calada hasta la frente y un jersey verde grueso.

–Hola, soy Kate, supongo que tú eres Mike –dijo atropelladamente–. Encantada de conocerte, pero no tenemos mucho tiempo para hablar. Hay leña fuera y tenemos que meterla antes de que llegue la tormenta. Pero no te preocupes, hay comida de sobra.

–De acuerdo –se apresuró a decir Mike, pensando que seguramente no tendría oportunidad de volver a hablar. Y no se equivocaba.

–La tormenta durará un día o dos y las máquinas quitanieves despejarán la zona bastante rápido, así que podrás tener a tu hermano de regreso a finales de semana.

–Bien…

Sean agarró el teléfono.

–Dile a mamá que no se preocupe y que no me llame. Voy a apagar el móvil para conservar la batería. Llamaré cuando pueda. Tú guárdame un capuchino bien caliente, porque volveré en cuanto pueda.

–Así lo haré. Y Sean, por favor, no mates a la contratista –añadió Mike.

Sean se rio entre dientes.

–No prometo nada.


Dos semanas más tarde, Jenny seguía luchando contra una gripe que se negaba a soltarla.

El estómago se le rebelaba todas las mañanas y ella tenía que hacer un esfuerzo por devolverlo a su sitio. Estaba demasiado ocupada para permitir que un microbio obstinado la dejara tirada. Así que fue al trabajo, se obligó a comer y por las tardes normalmente se sentía mejor, aunque no de maravilla. Hasta el día siguiente, en que todo volvía a empezar.

Inclinada sobre la tablet, Jenny escribió unas notas sobre los murales del hotel. Luego cambió de archivo y añadió los toques finales a la mujer sabia para Cacería Salvaje. La bruja era estupenda, y aquel añadido al guion le había proporcionado al juego un plus.

Bostezó, cerró el programa y sacó la lista de artistas y pintores que tenía. Necesitaba contratar al menos a cuatro personas para que la ayudaran con los murales y primero debía comprobar si estaban cualificados.

La luz del sol se filtraba a través de las ventanas del departamento de artes gráficas y a su alrededor se escuchaban conversaciones, algunas risas, el ruido de los dedos en el teclado… ninguna de aquellas distracciones le molestaba porque estaba acostumbrada a trabajar con ruido de fondo. Así que mientras sus amigos trabajaban en el juego, Jenny siguió bostezando mientras repasaba las páginas web de los artistas. Solo necesitaba uno más.

–Hola, Jenny.

Jenny alzó la vista y sonrió a Casey Williams. Nueva en la empresa, Casey era una becaria con mucho talento. Solo llevaba un par de meses trabajando en Celtic Knot, pero parecía que llevara toda la vida. Tenía unos veinticinco años, estaba casada y tenía un bebé.

–¿Qué ocurre, Casey? –Jenny disimuló otro bostezo detrás de la mano.

–Dave quiere saber si ya has terminado con la mujer sabia…

–Sí, hace unos minutos. Le mandaré el archivo por correo electrónico.

–Genial. Y de paso quería decirte que me encanta la

91

visión que tienes de ella –aseguró Casey–. Es poderosa, guapa y… y tú no tienes buen aspecto.

Jenny se rio brevemente. Y ella que creía estar disimulando fenomenal lo mal que se sentía…

–Gracias.

–No, quiero decir que parece que no te encuentras bien –se explicó rápidamente Casey.

–No, la verdad es que no –dijo Jenny sacudiendo la cabeza.

–Mmm –Casey miró a su alrededor como para asegurarse de que nadie las oyera y luego se sentó en el borde de una silla–. Sé que no nos conocemos mucho y que esto probablemente esté fuera de lugar, pero llevas más de una semana sintiéndote así, ¿verdad?

–Sí… –reconoció Jenny preguntándose dónde querría llegar.

–No es asunto mío, lo sé, pero… conozco los síntomas porque yo los viví hace un año.

–¿De qué estás hablando? –preguntó Jenny confundida–. ¿Qué síntomas?

–¿Es posible que no se trate de una gripe? –preguntó Casey con delicadeza–. ¿Podrías estar embarazada?

Jenny se quedó paralizada un instante. Pero su mente estaba trabajando. Pensando. Contando.

–Oh, Dios mío –sintió una oleada de pánico y una náusea en la boca del estómago. Había hecho un cálculo rápido de números, de semanas, de posibilidades. Y el resultado fue la falta de aire.

–Sí –murmuró Casey asintiendo–. Eso me parecía.

Oh, Dios mío, ¿cómo era posible que otra mujer hubiera tenido que decirle que estaba embarazada? ¿Cómo se le había pasado por alto? Pero en el fondo conocía la respuesta. No lo había pensado porque no quería. Su relación con Mike era tan… complicada que un embarazo lo cambiaría todo.

Casey seguía hablando. Con emoción, preocupación, Jenny no estaba segura. Lo único que escuchaba era un zumbido saliendo de boca de la otra mujer. Como si Jenny tuviera la cabeza llena de algodón y eso le impidiera escuchar nada que no fuera el latido de su propio corazón.

¿Embarazada? ¿De su jefe?

Pero era posible y lo sabía. Enseguida le surgieron en la mente imágenes de las últimas semanas. Un sexo increíble, momentos compartidos con Mike que no cambiaría por nada. Habían utilizado protección, por supuesto, pero ningún método anticonceptivo funcionaba con un cien por cien de garantía.

¿Y Mike lo creería? No, no lo haría.

Oh, Dios mío.

Parpadeó y la oficina volvió a aparecer enfocada. Miró a Casey y vio su sonrisa de ánimo. A su alrededor la vida continuaba como de costumbre, solo Casey sabía que el mundo de Jenny acababa de dar un giro radical. Aspiró con fuerza el aire e intentó calmarse, pero no lo lograría hasta que estuviera segura. Podía sospechar que estaba embarazada, pero sin tener la seguridad no podía enfrentarse a Mike. De pronto ya no podía seguir sentada allí.

Agarró el bolso y se puso de pie.

–Creo que debería irme a casa.

–¿Te preocupa cómo va a recibir tu novio la noticia? –le preguntó Casey con amabilidad–. Yo también lo estaba antes de decírselo a mi marido. Pero se puso contentísimo. Feliz.

No sería el caso de Mike. Pero Jenny no podía decirlo porque nadie en el trabajo sabía que Mike y ella estaban juntos. Oh, aquello se complicaba cada vez más.

Pero forzó una sonrisa que no sentía y le mintió a la mujer tan amable que seguía mirándola.

–Seguro que tienes razón. Pero por ahora creo que lo que necesito es echarme un rato.

–Esa es una buena idea –Casey también se puso de pie–. Cuídate, y si necesitas cualquier cosa ya sabes dónde estoy.

–Gracias, Casey,

Jenny salió de la oficina y se dirigió directamente al aparcamiento. Y de ahí a la farmacia, donde compró varias pruebas de embarazo. Por primera vez en su vida deseó tener la gripe.

Pero no tenía gripe.

Una hora más tarde, Jenny miró las cinco pruebas de embarazo que tenía en la encimera del baño. Todas habían dado positivo.

–Supongo que es verdad, entonces –murmuró alzando la vista para mirar su reflejo en el espejo del baño–. Voy a tener un bebé. El hijo de Mike.

Se cubrió el plano vientre con ambas manos como si acunara al bebé que había dentro. Esperó y se miró a los ojos en el espejo para intentar descifrar el torbellino de emociones que la atravesaban. Sin duda el pánico estaba allí, pero no en primera línea. Lo primero y más importante era la emoción.

Aquello no iba a ser fácil, reconoció en silencio, pero las grandes cosas nunca lo eran. Había mucho en lo que pensar, mucho que planear. Lo primero, por supuesto, era decírselo a Mike. No intentaría ocultárselo por nada del mundo, aunque sabía cómo iba a reaccionar.

El corazón le dolió ante la idea del enfrentamiento que iban a tener. Mike nunca había confiado en ella, y esta noticia serviría para convencerle de que había estado en lo cierto desde el principio. Pero tenía que decirle que estaba esperando un hijo suyo. Aunque después de eso no quisiera saber nada más de ella. Aunque se marchara y no mirara atrás.

Aspiró con fuerza el aire para calmarse, pero seguía sintiendo una punzada de dolor en el corazón. Mike no se iba a poner contento, pero ella sí lo estaba. Nunca había habido futuro para ella y el hombre al que amaba, pero ahora, cuando Mike se marchara, tendría algo suyo para siempre. Un bebé. Su hijo. Su familia. Alguien a quien querer. Alguien que la quisiera a ella.

No lo había planeado, pero ahora que el bebé estaba en camino tampoco lo cambiaría.

–Te prometo que quiero tenerte –susurró con voz cariñosa mientras se acariciaba el vientre–. Serás un hijo querido y nunca tendrás que preocuparte de que yo me marche. De quedarte solo. Estarás a salvo, te lo juro.

Jenny alzó la barbilla, estiró la espina dorsal y prometió allí mismo que dijera lo que dijera Mike, ella no perdería el entusiasmo. Aquella sensación de pura felicidad que la atravesaba como si fuera un relámpago.

Le daría a su hijo la vida que ella siempre había querido. Crecería con el amor y la seguridad que a ella le habían faltado y se aseguraría de que nunca dudara del amor de su madre.

Jenny aspiró con fuerza el aire y trató de dejar los pensamientos de celebración para más tarde y centrarse ahora en las preocupaciones inmediatas. Como enfrentarse a Mike… y a la posibilidad de tener que cambiar de trabajo. Aunque él no la despidiera, trabajar los próximos meses en Celtic Knot iba a resultar muy incómodo.

Miró su reflejo y se estremeció. Iba a ser una conversación difícil. Mike pensaría que había planeado aquel embarazo. Y cualquier atisbo de calor que hubiera surgido entre ellos las últimas semanas desaparecería.

Odiaba saber que su tiempo con Mike iba a terminar. Pero no solo estaba enamorada de él, también le conocía. Así que tenía que prepararse para el hecho de que cuando supiera la verdad sus fantasías se esfumarían.

Sonó el móvil y Jenny fue a ver quién llamaba. Era Mike. Se armó de valor y contestó.

–Hola, Mike.

–Jenny, ¿estás bien? Casey dice que te has ido a casa porque estabas enferma.

Ella cerró los ojos al escuchar su voz y ante su tono preocupado.

–Estoy bien. Pero tenemos que hablar, Mike –dijo preparándose mentalmente para lo que iba a suceder.


Una hora más tarde, Mike estaba en el salón de casa de Jenny mirando las cinco pruebas de embarazo que ella había colocado sobre la mesita auxiliar. Tenía el corazón acelerado y le ardía la cabeza. A pesar de la evidencia, no podía creérselo. Aspiró con fuerza el aire para intentar calmarse, para controlar la sensación de traición y recelo que le atenazaba.

–¿Embarazada? –miró hacia la mujer que estaba al otro lado de la habitación, que tenía los ojos azules muy abiertos con una mirada inocente que no terminaba de creerse–. ¿Cómo es posible? Hemos usado preservativos todas las veces.

–Lo sé –dijo Jenny abrazándose la cintura en gesto casi defensivo–. Pero no son cien por cien seguros.

–Pues deberían serlo –la mente de Mike se deslizó por caminos tortuosos–. A menos que… tenías esos preservativos en tu cajón.

–¿Y?

Mike no respondió. Se giró y entró en el dormitorio, abrió el cajón y sacó uno de los preservativos que todavía estaban allí. ¿Estarían manipulados de alguna manera? Miró la fecha de caducidad del envoltorio.

–¿Qué estás haciendo? –Jenny entró detrás de él.

–Pensé que podrías haber hecho algo con esto –murmuró girándose para mirarla con el preservativo todavía en la mano–. No sé, agujerearlos con un alfiler o algo así.

Ella le miró boquiabierta.

–¿Hablas en serio?

Mike la ignoró y no prestó atención a la expresión de asombro de su rostro. No era ninguna ingenua, y más le valdría haberlo recordado antes de dejarse arrastrar por una aventura que solo podía terminar mal.

–Resulta que no hacía falta. ¿Desde cuándo tienes estas cosas?

Jenny parpadeó confundida y luego dijo:

–Son el regalo que dieron en una despedida de soltera a la que fui hace cinco años. ¿Qué importancia tiene eso?

Mike soltó una carcajada amarga.

–Toda la importancia. Sobre todo porque caducaron hace cinco años –no se lo podía creer.

–¿Qué quieres decir? –Jenny le arrebató prácticamente el paquete de la mano–. ¿Los preservativos caducan?

–¿Creías que duraban eternamente?

–No. Pero nunca he pensado en ello –afirmó ella–. ¿Por qué iba a hacerlo? No hay que refrigerarlos ni nada por el estilo. ¿Cómo iba a pensar que se estropearían? Están en su propio envoltorio, por el amor de Dios.

–Esto es perfecto –murmuró Mike recordando aquella primera noche que pasó con ella allí, en su casa, y lo agradecido que se sintió de que hubiera preservativos a mano. Nunca los comprobó. Se frotó la cara con ambas manos y se dijo a sí mismo que aquel era el resultado de haber ido contra su propio instinto. La deseaba. Tenía que poseerla aunque supiera que era una mentirosa. Y ahora estaba pagando el precio de seguir sus deseos.

–Seguramente por eso tu amiga los regaló –murmuró sombríamente–. Los consiguió baratos porque ya no servían. ¿Por qué los conservaste?

–No pensé en ello –insistió Jenny sacudiendo la cabeza–. Los guardé en el cajón y me olvidé por completo.

–Tú sabías que no servían –afirmó Mike con tono sombrío. La furia le corría por las venas–. Sabías lo que pasaría si los usábamos y no te importó, ¿verdad?

–¿Estás hablando en serio?

–Por supuesto que sí –Mike la acorraló hasta que las piernas de Jenny tocaron el colchón y cayó sentada sobre él–. Esto ha sido una encerrona, ¿verdad? Desde el principio.

–¿De qué estás hablando? –inquirió ella mirándole–. Fuiste tú quien viniste a mi casa dispuesto a meterte en mi cama.

–Me refiero a nuestro encuentro en Phoenix. Y que luego entraras a trabajar en Celtic Knot. Todo ha llevado a esto, ¿verdad? ¿Por qué si no habrías venido a trabajar conmigo después de lo que pasó cuando nos conocimos?

–Estás paranoico –le espetó ella apartándose el pelo de los ojos para poder mirarle.

–Sí, estaré paranoico, pero tú estás embarazada, así que quizá no esté tan loco –se cernió sobre ella hasta que sus rostros estuvieron casi juntos–. Lo único que necesitabas era que viniera aquí, que usara esos malditos preservativos inútiles para que pudieras quedarte embarazada.

Jenny le dio un empujón y se volvió a poner de pie.

–Dios mío, ¿de verdad te crees tan buen partido? ¿Sabes cuántas veces me has insultado llamándome ladrona?

–Y aun así te acostaste conmigo, y aquí estamos –le recordó él. Los ojos le echaban chispas.

–Tienes razón –afirmó Jenny con sarcasmo–. Qué inteligente debo ser. Y además adivina, porque sabía que el gran Mike Ryan se dignaría algún día a visitar mi pequeño apartamento. Me permitiría seducirle con mis viles trucos femeninos. Qué brillante por mi parte tener preservativos defectuosos para poder engañarle y quedarme embarazada de él. Dios mío, soy increíble.

Sonaba absurdo incluso para él, pero Mike no quería renunciar a aquella idea. Dentro de su cabeza había dos voces opuestas gritándole, pero la parte calmada y racional estaba enterrada bajo los hechos que no podía olvidar. Jenny le había mentido cuando la conoció. Había ido a trabajar a su empresa a pesar de eso. Había conseguido formar parte del equipo de diseño de su hotel. Se había vuelto importante. Pero Mike la había mantenido. No le había pedido a Sean que la despidiera. ¿Por qué? Porque estaba obsesionado con ella tanto si quería como si no.

Y ahora estaba embarazada.

La miró, y el brillo de sus ojos azules no sirvió para calmar su furia. Tampoco ayudaba saber que estaba tan furiosa como él, aun así la miraba y la deseaba.

–Me da igual lo que pienses –afirmó Jenny con tirantez–. Yo no te he engañado. No he tendido una trampa para cazar al poderoso y escurridizo Mike Ryan.

–Bueno, como eres tan sincera te tendré que creer –murmuró él entre dientes.

–Deberías, pero no lo harás –dijo ella sacudiendo la cabeza–. ¿De verdad crees que intentaría atrapar a un hombre que no me quiere? Tengo más respeto por mí misma, gracias.

Jenny estaba allí frente a él con la barbilla alzada, los ojos entornados y presa de la furia. Tenía un aspecto bello y fuerte, y Mike tuvo que hacer un esfuerzo por resistir la urgencia de agarrarla y atraerla hacia sí. Jenny Marshall le obsesionaba como nadie lo había hecho jamás, y odiaba tener que admitirlo.

Sacudió la cabeza, dio un paso atrás mentalmente y le dijo:

–No va a funcionar. No vas a sacarme dinero ni me voy a casar contigo.

Jenny giró la cabeza como si le hubiera dado una bofetada, pero se recuperó pronto.

–No quiero nada de ti. ¿Y quién te ha pedido que te cases conmigo? –inquirió. Entonces se dio la vuelta y salió de la habitación para dirigirse al salón.

Mike la siguió, ¿qué otra cosa podía hacer?

Jenny se detuvo frente a las ventanas, y con los últimos rayos del sol recortando su silueta, le miró y dijo:

–No me casaría contigo ni muerta, Mike. ¿De verdad crees que intentaría atrapar a un hombre que no me quiere en un matrimonio que sería un desastre? No, gracias. No necesito que te ocupes de mí ni de mi bebé.

Ahora le tocó a él el turno de sentirse ofendido. Sintiera lo que sintiera por Jenny, iba a tener un hijo suyo.

–No puedes apartar a mi hijo de mí, Jenny, así que ni lo intentes.

–¿Quién ha dicho que vaya a hacer tal cosa? –ella sacudió la cabeza llena de rizos–. No dejas de poner en mi boca palabras que no he dicho. Así que, ¿por qué no dejas de pensar por los dos? Tenía que contarte lo del bebé, era lo justo. Si quieres ver a nuestro hijo es cosa tuya. Pero tú no mandas aquí, Mike, y creo que deberías marcharte.

Mike no quería irse. Pero quedarse allí no ayudaría en nada a la situación. Necesitaba un poco aire. Pensar. Pero cuando salió de casa de Jenny y escuchó el portazo que ella dio se dio cuenta de que el problema estaba en que también la necesitaba a ella.

# Capítulo Ocho

—¿Estás embarazada?

Jenny suspiró y esperó a que su tío dejara de despotricar. Cuando Mike se marchó se subió al coche y fue a casa de su tío en Balboa Island. Necesitaba… apoyo, y sabía que allí lo encontraría. Así sería cuando su tío dejara de insultar y maldecir a Mike Ryan.

Siguió con la mirada los pasos del anciano mientras recorría arriba y abajo el salón. Esperaba justo aquella reacción, igual que cuando le contó a Mike lo del bebé. Su tío nunca le había perdonado a Mike que acusara a Jenny de intentar utilizarlo. Y la situación actual no ayudaba a que sintiera más cariño por Mike Ryan.

—Te ha dado la espalda, ¿verdad?

Jenny se estremeció y su tío se dio cuenta. Entornó los ojos y apretó las mandíbulas.

—Lo sabía. Ese hijo de perra…cuando le contaste lo del bebé te acusó de intentar atraparle para casarte con él, ¿verdad?

Bueno, Jenny podía mentir a su tío o contarle la verdad y confirmarle la opinión que tenía de Mike. Se lo pensó un instante y luego decidió que no tenía que proteger al padre de su hijo.

—Sí.

—¿Sigue pensando que intentas conseguir un acuerdo para Snyder Arts?

—Supongo.

–Idiota –murmuró Hank.

Antes de que volviera a la carga, Jenny empezó a hablar. Quería decir algo que tendría que haber dicho años atrás.

–Tío Hank…

El tono de su voz le puso en alerta de un cambio de tema. Hank la miró con preocupación.

–¿Qué pasa?

Las lámparas de las mesas proporcionaban una luz dorada a la sala. En el exterior, las luces de las casas y los barcos parpadeaban en la oscuridad. Aquel era su hogar. Lo había sido desde que era una niña. Y todavía se sentía agradecida por la comodidad que había sentido allí.

Jenny sonrió un poco.

–Quería decirte algo. Cuando supe que estaba embarazada pensé en todas las responsabilidades que me esperan. Y entendí cómo debiste sentirte cuando mis padres me dejaron a tu cuidado. Solo quiero que sepas que no te culpo por no haberme recibido con entusiasmo en aquel momento. Yo tenía doce años y tú estabas solo, tenías tu vida hecha y yo era un…

–Un regalo –la interrumpió él frunciendo el ceño–. Fuiste un regalo –repitió para asegurarse de que Jenny entendía perfectamente lo que sintió–. Mi hermana y su marido fueron unos estúpidos entonces y lo siguen siendo ahora, estén donde estén. No saben lo que se pierden.

Jenny solo pudo observar en asombrado silencio cómo su tío se le acercaba y le tomaba la cara entre sus grandes manos.

–Tú abriste mi vida, Jenny. Por supuesto que quería tenerte. Eres mi familia. Has sido una alegría para mí siempre. Eres mi hija, más que mi sobrina. Y ahora le vas a dar a un hombre anciano una nueva ilusión… vas a convertirme en abuelo.

Con la visión nublada por las lágrimas, Jenny se quedó mirando en silencio a la única presencia estable que había conocido en toda su vida.

—No vuelvas a decir eso de que no te quería en mi vida, ¿de acuerdo? —le pidió Hank—. Ni se te ocurra pensarlo tampoco, ¿entendido?

Ella asintió, porque no se veía capaz de hablar. Tenía el corazón demasiado lleno para expresarse con palabras.

—Bien —Hank asintió brevemente con la cabeza—. Ya tenemos esto aclarado para siempre. Pero en cuanto a Mike Ryan…

—Tío Hank, esto no es culpa únicamente de Mike. Ya soy mayorcita…

—Eres demasiado confiada y ese hombre está acostumbrado a tomar lo que quiere. Ese es el problema aquí —murmuró Hank mientras volvía a recorrer el salón como si no pudiera quedarse quieto un minuto más—. Cree que porque es rico todo el mundo tiene que bailar al son que él toca. Vas a tener un hijo suyo, Jenny. Tendría que pedirte que te casaras con él. Eso es lo correcto.

Jenny puso los ojos en blanco.

—Te lo agradezco, tío, de verdad, pero no necesito que se case conmigo —dijo con suavidad—. No quiero que ningún hombre se case conmigo obligado por las circunstancias.

Recordó la expresión del rostro de Mike antes de marcharse. Las duras palabras que se habían arrojado el uno al otro, y aunque le destrozaba admitirlo, Jenny sabía que todo había terminado entre ellos.

–Entonces, ¿si te lo pidiera le dirías que no?

–Sí –aseguró. Y supo que su tío no lo entendería. En el mundo de Hank los hombres se hacían cargo de sus responsabilidades. Pero lo que no sabía era que Jenny no quería ser una obligación para Mike.

Y a pesar de todo seguía amándole. Ni siquiera escuchar sus acusaciones había servido para matar sus sentimientos. No sabía si eso la convertía en una estúpida o en una loca. Lo único en lo que podía confiar era en que el amor que sentía por Mike se fuera desvaneciendo poco a poco.

–Mike Ryan –Hank sacudió la cabeza, cubierta de pelo gris–. ¿En qué estabas pensando, cariño? Sabes que no se puede confiar en ese hombre.

–Qué curioso –murmuró ella–. Él dice lo mismo de mí.

Hank blandió el dedo índice hacia ella.

–Eso te dice todo lo que necesitas saber sobre ese hombre. Eres la persona más sincera que he conocido jamás. Si no puede verlo la culpa es suya, no tuya.

Jenny sintió una oleada de calor reconfortante.

–Gracias, tío Hank.

–No tienes que darme las gracias por decir la verdad, cariño –dijo él metiéndose las manos en los bolsillos–. Y siento seguir con el mismo cuento, pero me molesta profundamente que ese tipo se haya aprovechado de ti de esa manera.

Jenny esbozó una media sonrisa. Sonaba como si ella fuera una virgen vestal que hubiera sido seducida por el pirata Barbanegra.

–Tío Hank…

–De acuerdo, de acuerdo –alzó ambas manos–. Eres una mujer adulta y no necesitas que tu viejo tío te suelte rollos, ya tienes bastante en que pensar.

–Pero gracias de todas maneras –dijo Jenny rodeándole la cintura con los brazos–. Por sentirte ofendido. Por el apoyo. Por quererme.

Fiel a su estilo, Hank se puso un poco tenso, como hacía siempre. Los abrazos parecían costarle un poco, como si no tuviera muy claro cómo responder. Y Jenny siempre se había preguntado cómo había sido su fallecida esposa. Si viviera, ¿se mostraría él más cómodo con las muestras de afecto? Hank le dio unas palmaditas en el hombro y luego la apartó un poco para poder mirarla a los ojos.

–¿Y tú te encuentras bien? –quiso saber–. ¿Va todo como debe?

–Me encuentro muy bien –sonrió Jenny–. Quiero tener este bebé, tío Hank.

–Entonces haré todo lo que esté en mi mano para ayudarte.

Jenny volvió a sonreír. Hank no era el hombre más afectuoso del mundo, pero era leal y se podía confiar en él. Si hacía una promesa, la mantenía.

–¿Qué vas a hacer con el trabajo? –le preguntó él.

–Sinceramente, no lo sé –Jenny se mordió el labio inferior–. Trabajar con Mike durante meses va a ser imposible ahora. Sobre todo cuando se corra la voz por la oficina y todo el mundo se entere de que estoy esperando un hijo suyo.

Hank frunció el ceño, y parecía que iba a decir algo más, pero guardó silencio y Jenny continuó.

–Aunque ahora mismo no voy a hacer nada. Tengo que terminar el hotel de Nevada.

–¿Sigues queriendo hacerlo?

–Totalmente –afirmó ella. Estaba demasiado implicada en el proyecto como para dejarlo ahora. Y además, estar trabajando en Laughlin evitaría que tuviera que tratar todos los días con Mike–. Es una oportunidad fabulosa y no quiero renunciar a ella. Lo tengo todo pensado y sería imposible que nadie más se ocupara.

–Siempre tan obstinada –murmuró Hank.

–Adivina a quién he salido –respondió Jenny poniéndose de puntillas para darle a su tío un beso en la mejilla.

Mike se pasó los siguientes días metido en casa. No podía ir a la oficina porque allí tendría que lidiar con Jenny y necesitaba tiempo para asumir lo que había sucedido.

Un bebé.

Por culpa de unos preservativos caducados iba a ser padre y no podía hacerse a la idea. Mike nunca había considerado la posibilidad de tener hijos. A su modo de verlo, ser padre significaba estar casado, y él nunca se casaría. Nunca le daría a otra persona la posibilidad de cortarle por la mitad. De hacerle desgraciado y…

Diablos.

Dejó el silencio de la casa y cruzó el patio de piedra, del que salía un camino que llevaba al acantilado. Detrás de aquellos acantilados estaba el Pacífico, y se quedó mirando el mar que brillaba bajo el sol de la mañana. Entornó los ojos para ver los veleros que atravesaban el agua. Más cerca de la orilla había unos cuantos surfistas esperando una ola decente.

El sonido del mar llegó hasta él. Sintió que el pulso constante del agua batiéndose contra las rocas le calmaba. Había comprado aquella casa principalmente por las vistas. Era demasiado grande para un hombre solo y él lo sabía, pero hasta aquel momento el vacío y el silencio no le habían importado mucho.

Ahora, sin embargo, miró el inmaculado jardín trasero y se imaginó un columpio. Se giró, miró las ventanas brillantes e imaginó a Jenny en una de ellas sonriéndole con su hijo en brazos.

Mike sacudió la cabeza, se frotó los ojos y se dijo a sí mismo que solo estaba cansado. No era de extrañar, ya que había dormido muy poco los últimos días. ¿Cómo iba a hacerlo si los recuerdos de Jenny no dejaban de importunarle? La veía tal y como estaba la noche que fue a verla tras la cena en casa de sus padres. Con los pantalones de pijama de franela y la camiseta. Vio sus ojos cuando se inclinó para besarle. Escuchó sus gemidos cuando entró en su cuerpo.

–¿Cómo diablos se supone que puede dormir un hombre si su propia mente trabaja en su contra? –le preguntó a la nada.

–Cuando uno empieza a hablar solo es mala señal.

Mike se dio la vuelta y vio a Sean saliendo de la casa y cruzando el patio en dirección a él.

–¿Cuándo has vuelto?

–Anoche –dijo Sean sacudiendo la cabeza–. Fue una tormenta endiablada. Nos quedamos encerrados durante demasiado tiempo –echó la cabeza hacia atrás, miró el cielo azul y suspiró–. Es estupendo estar de regreso en el sol. Creí que nunca volvería a entrar en calor.

Mike esbozó una media sonrisa. Le avergonzaba no haber pensado ni una sola vez en Sean desde hacía días. Su hermano había estado atrapado en una tormenta de nieve y él no se había preguntado ni una vez cómo se encontraría. Pero ahora le venía bien encaminar la mente hacia otra dirección.

–No has matado a la contratista, ¿verdad?

Sean le miró, frunció el ceño y dijo:

–No. No la he matado.

Mike también frunció el ceño.

–¿Está pasando algo aquí?

–Nada de nada –le dijo Sean. Y entonces cambió bruscamente de tema–. No quiero hablar de Kate Wells, ¿de acuerdo? He ido esta mañana a la oficina. Me alegré de ver que todo el mundo aceptó los cambios de Cacería Salvaje.

Mike resopló y se dio cuenta de que tampoco le había prestado atención a aquello. Uno de sus mayores juegos preparado para entrar en la cadena de producción y no se había molestado en echarle un último vistazo.

–El personaje de la mujer sabia de Jenny ha resultado espectacular. Dave me enseñó los dibujos finales. La mujer tiene mucho talento.

–Sí –Mike giró la cara hacia el viento. Jenny tenía talento. Y era preciosa. Y desesperante. Y estaba embarazada.

Sean siguió hablando.

–Linda me dijo que llevas varios días sin pasar por la oficina. ¿Estás enfermo o algo así?

–O algo así –respondió Mike–. ¿Quieres un café?

–Me he tomado un capuchino de camino –Sean sonrió–. Valió la pena esperar por él. Pero déjate de historias, Mike. ¿Qué te está pasando?

No le había contado a nadie lo de Jenny. Lo del bebé. Si Brady estuviera allí en lugar de en Irlanda tal vez se lo habría soltado todo. Pero a quien tenía delante era a Sean, y se dio cuenta de que necesitaba decirlo en voz alta.

–Es Jenny –dijo mirando a su hermano–. Está embarazada.

Transcurrieron unos segundos, en los que Sean se limitó a quedarse mirándole con expresión desconcertada. Luego una lenta sonrisa asomó a sus labios y dijo:

–Sabía que estaba pasando algo entre vosotros dos. ¿Y hay un bebé? Eso es estupendo, ¿no? –cruzó el patio y le dio a su hermano un breve abrazo–. Me cae muy bien Jenny –aseguró dando un paso atrás y sonriendo–. Y todo el mundo se ha dado cuenta de la química explosiva que hay entre vosotros.

Mike se quedó muy quieto. Estaba convencido de que lo que había entre Jenny y él era un completo secreto.

–¿Todo el mundo se ha dado cuenta? Te refieres a que la gente del trabajo sabe…

–Bueno, no es que lo sepan, pero sí que ha habido rumores –Sean se encogió de hombros–. Sobre todo por parte de las mujeres. Ellas son más perceptivas.

–Genial. Esto es genial –justo lo que Mike quería. Que todos sus trabajadores estuvieran al tanto de su vida privada, especularan y tal vez incluso hicieran apuestas sobre lo que iba a pasar a continuación.

–¿Cuál es el problema? –preguntó Sean–. No hubiera podido seguir manteniéndose en secreto durante mucho tiempo. Y menos con Jenny embarazada. Y tengo otra pregunta. Si está embarazada, ¿por qué está trabajando en el hotel de Laughlin y tú no estás con ella?

–¿Está en Laughlin?

–Sí. Linda dice que se fue ayer. No quiso tomar el jet, así que fue en coche y se llevó todos los artículos de pintura con ella –Sean hizo una pausa–. ¿Tú no sabías nada de esto?

–No –Mike tampoco estaba contento. Jenny podría haberle contado que iba a conducir sola hasta Laughlin. Pensó en aquella carretera tan larga y solitaria que cruzaba el desierto. Diablos, había zonas en las que podías recorrer kilómetros y kilómetros con nada más que arena a ambos lados del coche.

–No me lo ha dicho.

–¿Por qué no?

Mike le lanzó a su hermano una mirada dura.

–No es asunto tuyo.

–¿Qué has hecho, Mike?

–No he hecho nada –afirmó poniéndose a la defensiva, aunque sabía que no había razón para ello.

–¿No? La mujer por la que andas loco está esperando un hijo tuyo y tú parece que quieras pegarle un puñetazo a alguien –Sean ladeó la cabeza–. ¿Por qué no me cuentas lo que de verdad está pasando?

–Lo ha hecho a propósito –murmuró Mike.

–Guau. ¿Te obligó a tener sexo con ella? –se burló Sean–. Pobre de ti.

–Cállate, Sean.

–¿No ves lo ridículo que suenas? No te creas tanto, Mike. No te ha engañado. Ni ha querido atraparte. Diablos, no eres un premio tan bueno.

–Gracias. Me alegra mucho que hayas vuelto a casa –Mike se frotó la nuca con una mano y recordó que Jenny había dicho algo parecido sobre él no hacía mucho tiempo. Pero se suponía que su propio hermano tendría que apoyarle.

–Vamos, Mike. Los preservativos tienen fugas. No existe nada perfecto –Sean le dio una palmadita en el hombro–. Entonces, ¿vas a casarte con ella o qué?

–No, no voy a casarme con ella.

–¿Por qué demonios no? –Sean alzó ambas manos, claramente desesperado–. Va a tener un hijo tuyo y está claro que tú estás loco por ella.

–Necesito más café –Mike se apartó de su hermano y se dirigió a la mesa de cristal situada en un extremo del patio. Allí se sirvió café de un termo caliente que le había preparado la asistenta. Le dio un sorbo y dejó que el calor se le deslizara por la garganta.

–¿Qué está pasando? –Sean le siguió–. No puedo creer que no te vayas a casar con ella. Estamos hablando de tu hijo, Mike. Casarte con ella es lo correcto y tú lo sabes.

A Mike le dolía la cabeza y sentía los pensamientos discurrir a toda velocidad. La arenga de Sean no era de gran ayuda para la migraña que tenía detrás de los ojos. No había dormido, no había sido capaz de pensar con claridad durante días, y ahora descubría que Jenny estaba en Laughlin… y no se había molestado en decírselo.

–¿Qué crees que van a decir papá y mamá cuando se enteren?

–Ellos deberían entenderlo mejor que nadie –Mike le lanzó una mirada a su hermano, y antes de que se diera cuenta de lo que hacía empezó a soltar el secreto que había guardado desde que tenía trece años–. No voy a casarme con nadie, ¿lo entiendes? No quiero arriesgarme a que me mientan y me engañen. ¿Crees que quiero correr el peligro de arruinarle la vida a mi propio hijo?

–¿De qué diablos estás hablando?

Ya era demasiado tarde para echarse atrás. Así que Mike le habló a su hermano del día que la imagen de la familia perfecta se le hizo añicos.

–Cuando yo tenía trece años llegué un día a casa de un entrenamiento de béisbol y me encontré a mamá llorando –afirmó con tirantez–. Me preocupé, pensé que tal vez papá había sufrido un accidente o algo así.

–¿Y qué pasaba?

Mike recordaba aquel día con perfecta claridad. El sol se filtraba a través de la ventana de la cocina. Su madre estaba sentada a la mesa con la cabeza entre las manos y llorando. Nunca antes la había visto llorar y se asustó.

Mike dejó la taza de café, se cruzó de brazos y dijo:

–Me dio un fuerte abrazo y me dijo que papá la había engañado. Que había descubierto que había salido con otra mujer.

–No puede ser –Sean abrió los ojos de par en par.

Mike sabía cómo se sentía. En aquel entonces a él le pareció que el suelo se abría bajo sus pies. Se preocupó por su madre, se preguntó si su padre volvería alguna vez a casa. ¿Se iban a divorciar? ¿Con quién viviría él? Un niño de trece años no tendría que estar pensando en ninguna de esas cosas. No tendría que aprender de un modo tan repentino que sus padres tenían defectos. Que eran humanos.

–Ella no me habría contado nada si no la hubiera pillado en un momento vulnerable –afirmó. Y no dudaba de que fuera cierto, porque su madre se había disculpado con él una y otra vez a lo largo de los años–. Papá mintió. A ella. A nosotros. Fue un mentiroso y un infiel y desde aquel día no puedo estar cerca de él sin acordarme de mamá llorando.

Sean apartó la vista para mirar hacia el mar y Mike concluyó.

–No me casaré, Sean. No pondré mi fe en alguien

para que me mienta y me engañe. Eso no va a suceder. No me arriesgaré a que mi hijo se quede destrozado por las mentiras.

Tras unos instantes, Sean giró la cabeza para mirarle y Mike vio la furia reflejada en los ojos de su hermano.

—No tenías derecho —murmuró apretando los dientes—. No tenías derecho a ocultarme esto. Yo también soy un Ryan.

—¿Por qué iba a querer que te sintieras tan mal como yo? —arguyó Mike—. Tú no tenías por qué saberlo. Ojalá yo tampoco lo hubiera sabido.

—Así que tomaste la decisión por mí, ¿es eso? Tú decides lo que debo o no debo saber, lo que debo pensar.

—No es eso —dijo Mike.

—Claro que sí —le espetó Sean—. No te das cuenta, ¿verdad? Llevas años enfadado con papá por mentir. Cada vez que hablas de Jenny la llamas mentirosa, dices que no puedes confiar en ella. Pero tú me has estado mintiendo desde que éramos niños. Así que, ¿cuál es la diferencia, Mike? ¿Tú eres el único que puede mentir? ¿Eres tú quien decide qué mentira es buena y cuál es mala?

Mike nunca había pensado en ello de aquella manera hasta ahora, y no supo cómo responder a la acusación. Las mentiras de su padre habían destrozado la imagen de familia feliz que tenía Mike. Las mentiras por omisión de Mike estaban encaminadas a proteger a Sean del dolor que había sentido Mike. Pero en cualquier caso, Sean acababa de recibir ahora la bofetada no ya de una mentira, sino de dos.

—Deberías mirarte a ti mismo, hermano —dijo Sean con voz pausada—. Lo que ocurriera entre nuestros padres en aquel entonces consiguieron arreglarlo. Curarlo. Por si acaso no te has dado cuenta, siguen juntos. Y están mejor que nunca.

La verdad podía ser tan dura como una mentira.

–Así que no te engañes. Esto no tiene nada que ver con papá. Ni con Jenny. Esto tiene que ver contigo, Mike. Tú eres el mentiroso ahora –Sean se giró y cruzó el patio para volver a entrar en casa.

A solas en el jardín, Mike sintió que el terreno sobre el que había construido su vida empezaba a temblar bajo sus pies. Se dio cuenta de que Sean tenía razón. Y eso significaba que Mike estaba equivocado. Respecto a muchas cosas.

# Capítulo Nueve

Laughlin estaba muy bonito en febrero.

Todavía faltaban unos cuantos meses para el calor del verano y el rio estaba tranquilo, aunque había algunos barcos turísticos que ralentizaban la marcha para ver los progresos que se estaban haciendo en River Haunt.

Fiel a su palabra, el contratista, Jacob Schmitt, estaba cumpliendo los plazos. Tenía a hombres trabajando tanto en la fachada del hotel como en el interior, donde Jenny pasaba la mayor parte del tiempo. Había un zumbido constante de sierras y martillazos, por no mencionar las conversaciones a gritos y las risas que la rodeaban.

Pero se alegraba de haber ido. Pasar un tiempo en el desierto fuera de la oficina había sido una gran idea. En Nevada no tenía que lidiar con la preocupación de encontrarse con Mike tan poco tiempo después de su enfrentamiento. Le dolía saber que su conexión había terminado, pero sería más doloroso todavía si tuviera que verle cada día.

No, lo que necesitaba era un poco de espacio y un poco de tiempo para acostumbrarse a la idea de que iba a ser madre soltera.

Siempre había querido tener hijos… muchos. Aunque en sus sueños también aparecía un marido que la amaba. Pero ese sueño no iba a hacerse realidad. Recordar la cara de Mike cuando le dijo que estaba embarazada bastaba para convencerla de ello. Por no hablar del recuerdo de cuando la acusó de intentar atraparle.

El dolor y la rabia se mezclaron en un nudo que se le asentó como el plomo en la boca del estómago.

–Es un idiota –murmuró deslizando la brocha empapada en pintura violeta por la pared del recibidor. ¿Por qué no podía haberse enamorado de otro, de cualquier otro? ¿Por qué tenía que ser Mike Ryan el único hombre?

Jenny suspiró y terminó de cubrir la pared con la pintura que había escogido para que tuviera el mayor impacto. Cuando se secara esbozaría las líneas del bosque, la luna y los toques de las figuras que quería perdidas en los árboles. Le llevaría unos días, pero no le importaba.

Había conducido hasta allí con la idea de quedarse al menos una semana. Dios sabía que había habitaciones de sobra para escoger en el hotel, y tampoco estaría sola. El equipo de seguridad y los empleados del hotel también se alojaban allí. Además, estando allí podía supervisar el trabajo de los artistas que había contratado para ayudarla con los murales. Eran tres, y todos tenían talento. Pero los artistas eran personas temperamentales y podían salirse del plan y añadir su propia visión al diseño. Y eso no podía darse allí. Los diseños habían sido aprobados por Mike, Sean y Brady y no se podían desviar.

–¡Hola, Jenny!

Ella alzó la vista al escuchar el grito amigable. Tim Ryerson, uno de los empleados del hotel, estaba en la puerta de entrada.

–¿Qué tal, Tim?

–Vamos a ir un grupo a comer a la ciudad. ¿Te apuntas?

Todos eran muy amables con ella, pero lo que Jenny quería de verdad era silencio y un poco de tiempo para sí misma.

–Gracias, pero creo que me quedaré aquí y empezaré con el mural del comedor.

–También se te permite divertirte, ¿sabes? –dijo Tim sacudiendo con tristeza la cabeza.

–Gracias, pero para mí esto es divertirse.

–Como quieras –el hombre se encogió de hombros–. ¿Te traemos algo?

–Una hamburguesa con muchas patatas –se apresuró a contestar ella.

Estaba empezando a recuperar el apetito, al menos por las tardes. Y no tenía muy claro si eso era algo bueno o no. Era bastante bajita, y si seguía comiendo a aquel ritmo, cuando naciera el niño parecería un balón de fútbol.

–De acuerdo. Hasta luego.

Cuando el grupo se marchó el hotel se sumió en un bendito silencio. La hora de comer era el único momento del día en el que podía contar con un poco de paz. Tenía todo el sitio para ella sola durante la siguiente hora, y Jenny disfrutó de la oportunidad.

Dejó la pared secándose y se dirigió al comedor, donde observó la división que separaba esa estancia de la cocina. Pondría a Tony y a Lena a trabajar en aquella pared para que dieran vida a los personajes y el escenario del juego River Haunt. Christa podría dedicarse a las enredaderas que saldrían de las ventanas. Si todos trabajaban juntos podrían terminar aquello en cuestión de días y subir a los vestíbulos de la parte superior.

Según los planos habría enredaderas, flores y un hada o dos en cada uno de los largos pasillos, además de árboles misteriosos inclinados por un viento invisible pintados en las puertas de los ascensores.

Jenny miró a su alrededor en el comedor y vio cómo sería cuando estuviera terminado. Al igual que en el castillo de Irlanda, aquel comedor contaría con largas mesas de banquete y bancos para obligar a los huéspedes a relacionarse unos con otros durante las comidas. Los jugadores podrían hablar de sus puntuaciones, rutas y vericuetos del juego.

Una vez más, Jenny se sintió impresionada por la visión de los Ryan y de Brady Finn. Al expandir la empresa hacia otros ámbitos iban a reforzar una marca que ya era conocida en todo el mundo. Formar parte de esta expansión le resultaba al mismo tiempo emocionante y triste. Porque no le cabía la menor duda de que aquel proyecto sería el último que haría para Celtic Knot.

Animada por la quietud, su mente empezó a pensar en Mike y se preguntó qué estaría haciendo. Si sabría siquiera que se había ido. Y si le importaba. Ojalá al menos confiara en ella. Creyera en ella. Le dolió el corazón al recordar la expresión de su rostro cuando se enteró de lo del bebé.

Había acudido a ella preocupado de que no se encontrara bien y cuando se marchó lo hizo convencido de que estaba tratando de utilizarle. ¿Cómo era posible que todo hubiera ido tan mal? ¿Por qué no podía ver Mike que le amaba, que dada la oportunidad podrían tener algo maravilloso ellos dos y su hijo? ¿Tan endurecido estaba, tan cerrado tenía el corazón para mantener el dolor a raya que no quería arriesgarse a tener una oportunidad de ser feliz?

Su propio dolor le hizo explosión en el pecho y decidió que debía dejar de pensar en lo que podría haber pasado con Mike, porque no servía de ayuda. Nada iba a cambiar y sería mejor que se acostumbrara a ello cuanto antes.

–No te preocupes, cariño –susurró dándose una palmadita en el vientre–. Vamos a estar bien, ya lo verás.

Se dispuso a trabajar y dejó para más tarde los pensamientos sobre Mike. Tenía tiempo de sobra para preocuparse por la noche, cuando no lograba conciliar el sueño.


Mike estuvo a punto de llamar a Jenny. Dos veces. Y en ambas ocasiones colgó antes de que entrara la llamada. Seguía alterado después de su encuentro con Sean, así que seguramente tampoco era el mejor momento para hablar con ella. Pero la tenía dentro de la mente. Del alma.

Jenny se había ido al desierto sin molestarse en decirle nada. Porque cuando le contó lo del bebé le había dado la espalda.

Aquello le avergonzaba, pero ahora, con las palabras de Sean todavía frescas, Mike tenía que admitir que había llegado el momento de arreglar algunas cosas. Condujo hasta casa de sus padres decidido a hablar por fin con su madre de lo que había sucedido tantos años atrás. Para averiguar si aquel único día, aquel único secreto, valían la pena como para conducir su vida entera.

Mike aparcó en la entrada y luego entró por la puerta gritando para anunciar su presencia.

–¡Eh, mamá! ¡Estoy aquí! –cruzó el salón y se acercó a la cocina, pero su madre no aparecía–. ¿Mamá?

–Mike, ¿eres tú?

Mike sintió una oleada de alivio cuando se giró y la vio acercarse. Tenía el cabello castaño algo alborotado y se estaba atusando la camisa rosa pálido.

–¿Estás bien? –le preguntó al ver que parecía algo nerviosa.

–Sí. Es que me has pillado en el medio de algo –entonces su madre se sonrojó.

Mike tuvo de pronto la sensación de que quizá había interrumpido algo en lo que no quería pensar.

–Mejor vuelvo en otro momento y…

–No seas tonto –dijo su madre, que se había puesto otra vez en marcha–. Vamos a la cocina. Hay café y esta mañana he hecho galletas.

–Comprado.

–Bien –murmuró ella sonriendo mientras se atusaba el pelo–. Dime, ¿has venido por algo en concreto? ¿Va todo bien?

–Esa es una buena pregunta.

–Siéntate –le pidió su madre cuando entraron en la alegre cocina amarilla. Sirvió el café, se lo puso a Mike delante y luego llevó a la mesa un plato de galletas. Luego se sentó frente a él con una taza de café–. Cuéntame –le dijo simplemente.

¿Cuántas veces se había sentado a lo largo de los años en aquella mesa con un plato de galletas mientras su madre le escuchaba hablar sobre cualquier problema que tuviera? Fue en aquella misma mesa donde se la encontró llorando. Donde su vida había dado aquel giro de la inocencia al recelo. Mike supuso que era lo apropiado estar otra vez en aquella misma mesa para intentar volver atrás.

Así que le habló de Jenny, del bebé, de que Sean no

sabía lo que había ocurrido años atrás y de lo enfadado que estaba al haberse enterado de que le habían mentido durante tanto tiempo.

–¿Y qué pasa con Jenny? –preguntó su madre–. Está embarazada de ti. ¿Tú la quieres?

Mike sacudió la cabeza. Era de esperar que su madre se centrara en aquella parte de la historia.

–Otra buena pregunta.

Mike se levantó de la mesa, se acercó a la encimera y luego se giró apoyando ambas manos en la placa de granito que ahora le quedaba detrás.

–Pero ahora mismo eso ni siquiera importa.

–El amor es lo único que importa, Mike –dijo su madre mirándole fijamente.

–¿Cómo puedes decir eso cuando… cuando te mintieron y te engañaron?

–Ya está. Ya he tenido suficiente –Peggy se puso de pie, señaló la mesa de la cocina y le ordenó–. Siéntate. Enseguida vuelvo.

Mike obedeció porque estaba demasiado cansado para seguir de pie.

Cuando su madre regresó estaba tirando de su padre. Jack tenía el pelo revuelto y estaba intentando abrocharse la camisa mientras su mujer le arrastraba, prácticamente. Y de pronto, Mike supo lo que estaban haciendo sus padres cuando él apareció. Sí, mejor no pensar en ello. Por muy mayor que uno fuera a nadie le gustaba imaginarse a sus padres practicando sexo.

Mike se puso tenso y se dio cuenta de que Jack Ryan también. Su padre era una versión mayor de sí mismo, con penetrantes ojos azules y las sienes teñidas de gris. Los dos seguían sintiéndose muy incómodos el uno con el otro por algo que había pasado veinte años atrás. Pero Mike no sabía cómo superar aquello, ojalá pudiera.

–Sentaos los dos ahora mismo –dijo Peggy cruzándose de brazos. Los dos hombres obedecieron. Entonces ella miró a su marido y luego a su hijo antes de decir con tono suave–, Mike, he querido hablar contigo de esto antes, pero nunca me escuchabas. Podría haberte obligado a oírme, pero tu padre no lo hubiera permitido. Él quería que fueras tú quien se acercara a nosotros cuando estuvieras preparado. Pero, sinceramente, creí que ese momento nunca llegaría.

–Mamá…

–No tendría que haberte cargado aquel día con mis sentimientos –continuó Peggy–. Pero llegaste a casa antes de tiempo y salió así. Espero que sepas que si pudiera borrarte ese recuerdo de la cabeza, lo haría.

–Lo sé, mamá –Mike miró de reojo a su padre, que parecía tan incómodo como lo estaba él–. No tenemos por qué volver a hablar del tema.

–Ese es el problema –dijo Peggy tomando asiento en una silla–. Nunca hemos hablando de ello –tomó la mano de su marido y entrelazó los dedos con los suyos–. En aquel entonces eras un niño y no te acuerdas, pero el negocio de tu padre atravesaba problemas.

Jack tomó el relevo y Mike miró a su padre mientras este hablaba.

–No es una excusa, pero teníamos mucha presión, y en lugar de hablar entre nosotros de ello nos cerramos el uno al otro –hizo una pausa y miró a su mujer con una sonrisa triste.

–Lo manejamos muy mal –continuó Peggy–. Pero hacen falta dos para romper un matrimonio, Mike. Así que te equivocaste al culpar a tu padre durante todos estos años. Los dos cometimos errores. Los dos estuvimos a punto de perder algo que la mayoría de las personas no encuentran.

Mike les escuchaba, vio lo unidos que estaban en aquel tema, pero no podía dejarlo estar. Se giró para mirar a su padre y le dijo con tono pausado:

—Mentiste. Engañaste.

—Sí, mentí —dijo Jack—. Estaba dolido, preocupado por mi familia. Me sentía un fracasado y solo en medio de los problemas. Echaba de menos a tu madre porque ya no hablábamos. Mentí, eso te lo reconozco. Y también engañé, pero no en el sentido que tú dices.

—¿Qué?

Jack suspiró.

—La mujer de la que hablaba tu madre… Sí, la llevé a cenar. Hablamos. Me escuchó, se rio de mis chistes y me hizo sentir importante —sacudió la cabeza—. Fue una estupidez, pero no me acosté con ella, Mike —Jack le sostuvo la mirada a su hijo—. No he tocado a ninguna otra mujer desde el día que me casé con tu madre.

Peggy habló entonces.

—En lugar de estar ahí el uno para el otro, tu padre y yo nos apartamos tanto que parecíamos dos desconocidos viviendo bajo el mismo techo.

Jack alzó sus manos entrelazadas y le dio un beso en los nudillos.

—Lo importante es que volvimos a encontrarnos el uno al otro antes de que fuera demasiado tarde.

—No sé qué decir —murmuró Mike.

Su padre y él se habían estado evitando durante veinte años, ninguno de los dos parecía dispuesto a hablar de lo que les había distanciado.

—¿Por qué no me lo contaste? —preguntó.

–Porque no me habrías creído –respondió Jack.

–Supongo que eso es cierto –reconoció Mike. Tanto tiempo enfadado, permitiendo que antiguos dolores gobernaran su vida, creyendo que no podía confiar en nadie porque había mirado una situación que no entendía con los ojos de un niño de trece años herido.

–Cariño, la cuestión es que has estado utilizando a tu padre como excusa para mantener a todo el mundo a distancia –dijo Peggy–. Te estás protegiendo para no sufrir y por eso no dejas que nada te toque –sacudió la cabeza–. Esa no es forma de vivir, Mike.

Tenía razón, pensó él. Había estado utilizando la traición de su padre para mantener a todo y a todos a distancia. Y a pesar de los muros que había erigido alrededor de su corazón, Jenny había encontrado la manera de atravesarlos.

–Nunca tendrías que haber sido consciente de ese bache en nuestro matrimonio –aseguró Peggy–. Y me rompe el corazón vernos tan alejados el uno del otro.

Mike miró a su padre y vio en sus ojos la misma tristeza, la misma sensación de pérdida que él había sentido durante años. Ahora se veía obligado a pensar seriamente. Las palabras de Sean le resonaban todavía en la cabeza mientras pensaba en todos aquellos años situado en la posición de juez, convencido de que él tenía razón y todos los demás estaban equivocados.

–Lo que ocurrió no fue culpa tuya –dijo su padre con cautela–. Eras un niño y reaccionaste como debías hacerlo en aquel momento.

–Sí –Mike se frotó los ojos para calmar el dolor de cabeza que empezaba a sentir–. Pero nunca cambié de postura. Un niño de trece años furioso y asustado decidió aquel día que no se podía confiar en nadie.

Su padre le puso una mano en el hombro, y aquel contacto fuerte y sólido pareció borrar su última resistencia.

–Lo siento –murmuró Mike mirándole.

Peggy contuvo un sollozo y se limpió las lágrimas de las mejillas.

–Ya ha durado bastante, ¿no os parece? –preguntó–. ¿Podemos ya dejar esto atrás y ser la familia que deberíamos ser?

Mike miró a su madre, que seguía de la mano de su padre y miraba a su hijo mayor con preocupación y esperanza mezcladas. Entonces sintió como si le hubieran quitado un peso de la espalda, y le sorprendió lo pesada que había resultado aquella carga.

–Sí –dijo sonriendo primero a su madre y luego a su padre–. Eso me gustaría.

Jack sonrió, le dio una palmada a su hijo en el hombro y luego volvió a mirar a su mujer. Peggy sonrió al borde de las lágrimas y luego agarró a su hijo de la mano.

–Bien. Eso está muy bien.

Estaba bien dejar atrás el pasado y la rabia. Pero su padre no era la única persona a la que había juzgado. Mike recordó aquella noche en Phoenix, cuando vio a una rubia muy guapa en el bar del hotel de la conferencia. Recordó lo atraído que se había sentido hacia ella, y cómo a la mañana siguiente se convirtió en juez, jurado y verdugo sin darle siquiera la oportunidad de explicarse.

Entonces aquellos recuerdos se fundieron en la última imagen de Jenny en su casa, cuando él la acusó de intentar atraparle para casarse con él. Había vuelto a hacerle lo mismo otra vez.

–Sean tiene razón –murmuró–. Soy un idiota.

–¿Qué pasa, cariño?

Mike alzó la mirada hacia su madre y suspiró.

–Muchas cosas. Tengo que pensar un poco. En Jenny. En el bebé –se detuvo y sonrió–. Y vosotros tendréis que iros acostumbrando a la idea de ser abuelos.

–Oh, Dios mío –exclamó Peggy riéndose–. Con todo este lío casi se me olvida que Jenny está embarazada.

–¿Abuelo? –preguntó Jack.

–¡Qué gran noticia! –Peggy se puso de pie de un salto–. Voy a preparar más café. Y tú nos vas a contar todo.

Jack agarró una galleta y se la pasó.

–Felicidades. Espero que hagas mejor trabajo que yo.

Mike sacudió la cabeza y le dio un mordisco a la galleta. Él ya había cometido muchos errores y su hijo ni siquiera había nacido todavía.

–No lo hiciste tan mal, papá. Pero en cuanto a mí, te juro que no sé qué diablos estoy haciendo.

Jack se rio.

–Bienvenido a la paternidad. Ninguno de nosotros sabe lo que está haciendo, Mike. Y aunque intentemos hacerlo lo mejor posible, todos cometemos errores. El truco está en seguir intentando arreglarlos.


Mike encontró a Sean en su despacho a la mañana siguiente. Había estado pensando en aquello toda la noche, había decidido lo que quería decir. Pero al ver la mirada fría de su hermano se quedó un instante paralizado. Siempre habían estado unidos, pero ahora se alzaba entre ellos un muro que Mike había puesto allí. Así que era cosa suya derribarlo.

–Tenías razón.

Sorprendido, Sean le señaló una silla.

–Ese es siempre un buen comienzo para una conversación. Continúa.

Mike se rio y tomó asiento.

–Te he estado protegiendo desde que éramos niños –dijo pensativo–. Es algo que se convirtió en hábito. Pero no estuvo bien mentirte durante todos esos años.

Mike suspiró, se inclinó hacia delante y se puso los antebrazos sobre los muslos.

–Cada vez que me preguntabas qué pasaba entre papá y yo me hacía el loco. Me decía a mí mismo que era mejor para ti no saberlo. No estuvo bien. Hace mucho tiempo que eres adulto, Sean, así que cerrarme a ti no estuvo bien. Pero debes entender por qué lo hice.

–No se te da muy bien disculparte, ¿verdad?

–No –admitió Mike con un gruñido.

–Bueno, pero se valora el esfuerzo –dijo Sean.

–Gracias –Mike asintió–. Me pasé ayer por casa de papá y mamá. Estuve hablando con ellos y finalmente arreglamos todo. Creo que a partir de ahora las cosas van a estar bien entre papá y yo.

–Me alegra oír eso –Sean apoyó las manos sobre el escritorio.

–Ya saben que lo sabes –continuó Mike–. Le dije que te lo conté.

–Estupendo. Así que cuando decides ser sincero lo sueltas todo, ¿no? –una media sonrisa asomó a labios de Sean–. Supongo que ahora yo también tendré que hablar con ellos. Pero mientras estén bien y felices juntos, todo me parece bien. Es asunto suyo, Mike. Ni mío ni tuyo. Pero ahora vamos al tema más importante: Jenny.

Mike miró a su hermano con dureza.

–¿Así que te desentiendes de lo que pase con nuestros padres pero no de mi historia?

–Así es –Sean sonrió–. Dime, ¿has hablado con ella?

–No –todavía no la había llamado, porque no quería hablar con ella por teléfono. Tenía que mirarla a los ojos, ver qué estaba pensando, sintiendo.

–¿Y no crees que deberías? –preguntó su hermano–. Está esperando un hijo tuyo.

–No hace falta que me lo recuerdes –dijo Mike levantándose de la silla.

Se acercó al ventanal que estaba al fondo, miró hacia el jardín y no vio nada. Tenía la mente llena de imágenes de Jenny.

–Tal vez sí –Sean esperó a que su hermano le mirara para seguir hablando–. Llevas tanto tiempo a cargo de tantas cosas que te has olvidado de ser simplemente Mike.

–Eso es ridículo.

–¿Ah, sí? Hablas con Jenny como si fuera tu empleada…

–Lo es.

–Es algo más que eso –insistió Sean–. Y eso es lo que terminas de entender. Para conseguir lo que realmente quieres de esto vas a tener que ser humilde.

Mike resopló.

–¿Y crees que sé lo que quiero?

–Sí –aseguró su hermano–. ¿Tú no?

Sí, lo sabía. Quería a Jenny en su casa. En su cama. Quería despertarse por las mañana y sentirla acurrucada contra él. Pero ser humilde no era la manera de conseguirlo.

—No puedes ir en busca de Jenny y ordenarle que te perdone —dijo Sean.

—Esa es la manera más fácil —murmuró Mike.

—Sí, para alejarla todavía más.

Tal vez tuviera algo de razón, pero Mike no quería pensar en ello.

—¿Puedes ocuparte de la oficina un par de días?

—Claro —respondió Sean—. ¿Por qué?

—Porque me voy a Laughlin —dijo Mike.

—Ya era hora —le dijo su hermano.


A primera hora de aquella tarde, Jenny se apartó del muro para echarle una mirada objetiva a la pintura terminada. Era tal y como y la había imaginado. Atisbos de peligro escondidos entre los árboles, la luz de la luna filtrándose a través de las hojas, el río que serpenteaba al fondo de la pintura como una serpiente plateada. La imagen resultaba vagamente amenazante e intrigante, y definía la atmósfera perfecta para el hotel River Haunt.

Los otros artistas estaban haciendo un gran trabajo en los murales, y el del comedor ya empezaba a cobrar forma. Un día o dos más y subirían a la planta superior. La mayor parte del equipo de construcción estaba en la cocina terminando los muebles y las encimeras, y Jenny pasó por el vestíbulo que antes era la cafetería del hotel. Allí el plan era tener varias consolas de juego con televisores planos que invitaran a los huéspedes a sumergirse en los juegos de Celtic Knot. Al fondo habría una barra de bar y varias mesas grandes para que los huéspedes pudieran jugar también en el formato de mesa.

Iba a ser el paraíso de los jugadores, se dijo con una sonrisa. Y eso sin contar con los paseos en barco a medianoche por el río, donde las hadas, fantasmas y espectros animatrónicos saldrían de su escondite. Todo iba a resultar increíble.

Jenny odiaba saber que tendría que dejar su trabajo en Celtic Knot. Disfrutaba formando parte de algo tan fresco, nuevo e interesante. Pero trabajar con Mike ahora era imposible. No podría verle todos los días y saber que nunca le tendría. Así que daría lo mejor de sí misma en aquel proyecto y luego se marcharía con la cabeza muy alta. Y algún día, se prometió, volvería al hotel River Haunt como huésped para ver a la gente disfrutar de lo que ella había ayudado a crear.

Suspiró y se acercó al viejo piano que formaba parte antes del bar y tocó distraídamente unas cuantas notas. No había vuelto a tocar desde que era una niña y su tío Hank había pagado por las clases que ella tanto deseaba. Aquella fase le duró más de un año, hasta que descubrió la pintura y tocar el piano pasó a un segundo plano.

Para ser un instrumento viejo el piano tenía un buen tono, y mientras deslizaba los dedos por las teclas tocando una antigua melodía de su infancia, la música invadió el silencio. Jenny se quedó sentada en el banquito, cerró los ojos y dejó que sus atormentados pensamientos se deslizaran mientras escuchaba únicamente la única melodía que ella había creado.

Mike la encontró allí. Una mujer menuda con un halo de cabello dorado sentada en una porción de luz del sol arrancando una preciosa melodía de un piano que parecía tan antiguo como el tiempo.

El corazón le dio un vuelco dentro del pecho. Maldición, la había echado de menos. Todo su ser se sentía atraído por ella. ¿Cómo era posible que se hubiera convertido en alguien tan importante para él en tan poco tiempo? Tenía talento, era brillante, inteligente y preciosa, y la deseaba tanto que apenas podía respirar. Ahora que estaba allí con ella no quería perder un minuto más para tocarla.

Jenny estaba tan centrada en la música que no le escuchó acercarse. Cuando Mike le puso las manos en los hombros dio un respingo y se giró en banquito con los ojos muy abiertos.

–Me has asustado.

–No quería hacerlo, pero no me has oído con la música –murmuró Mike con una sonrisa–. No sabía que tocaras el piano.

–Ya te dije que hay muchas cosas de mí que no sabes.

–Sí, supongo que tienes razón –reconoció él levantándola del banquito de madera–. Pero hay muchas cosas que sí sé.

–¿Como qué? –preguntó Jenny dando un pasito atrás.

–Como que eres muy obstinada –afirmó Mike salvando la distancia que había entre ellos–. Tanto que seguramente estás pensando en dejar tu trabajo en Celtic Knot.

Ella le miró, claramente sorprendida.

–¿Cómo lo sabes?

–No era difícil de imaginar, Jenny. Crees que va a ser muy difícil para nosotros trabajar juntos ahora.

–Tengo razón y lo sabes, Mike.

–No. No la tienes –dijo. Y vio cómo la esperanza

florecía en los ojos de Jenny. Sean estaba equivocado. Lo único que tenía que hacer era exponer su plan y ella se daría cuenta de que era lo mejor para todos–. Creo que deberíamos trabajar juntos y más. Los dos queremos al bebé. Tenemos una gran química. Pasión.

Le puso las manos en los hombros y la atrajo hacia sí. La miró al fondo de sus ojos azules y dijo:

–Olvidemos el pasado y sigamos adelante desde aquí. Vamos a casarnos, Jenny. Es lo mejor para todos.

Esperó a que ella le sonriera, a que se pusiera de puntillas y le besara. Quería volver a saborear su boca. Habían pasado solo días, pero le parecían años. Lo único que tenía que hacer Jenny era decir que sí.

–No.

Estaba estropeando un plan perfecto.

–¿Por qué diablos no? –le espetó él mirándola fijamente–. Estás embarazada, ¿recuerdas?

Jenny soltó una breve carcajada.

–Sí, me acuerdo. Y no me casaré contigo porque·no me quieres. No confías en mí. La pasión no es suficiente para construir un matrimonio, Mike. Y no arriesgaré la felicidad de mi hijo en un matrimonio condenado al fracaso.

–No está condenado.

–Sin amor, sí –afirmó ella sacudiendo la cabeza. Le puso una mano en el antebrazo antes de continuar–. Es nuestro bebé, Mike. Nunca intentaré alejarlo de ti. Pero no me casaré con un hombre que no confía en mí.

Entonces le besó.

Y se marchó.

# Capítulo Diez

Jenny tenía un acosador.

Durante los siguientes días, cada vez que se daba la vuelta se encontraba a Mike. Le llevaba las pinturas e insistía en traerle una silla si la veía siquiera bostezar. Aquella misma mañana, cuando se subió a una escalera para añadir unas cuantas telarañas plateadas a un árbol desnudo de la puerta del ascensor, Mike la levantó de allí y la llevó en brazos a su habitación. A pesar de sus protestas. El hombre se había otorgado a sí mismo el papel de cuidador tanto si Jenny quería como si no. Era molesto y adorable al mismo tiempo. Pero ella no quería acostumbrarse a aquel tipo de trato. En primer lugar porque se encontraba perfectamente y era capaz de cuidar de sí misma. Pero sobre todo porque sabía que todo era una farsa. Mike estaba tratando de camelarla para que se casara con él en sus términos.

Pero ella no podía hacerlo. No podía renunciar a su fantasía de tener un marido cariñoso y conformarse con un hombre que no confiaba en élla, que no la amaba. La pasión era un sustituto muy pobre del amor verdadero.

—Jenny, ¿qué te parece esto?

Jenny salió de sus pensamientos y se centró en el trabajo que tenía delante.

—¿Qué tienes, Christa?

La otra artista era una joven alta, delgada, de cabello negro muy corto. También era rápida, talentosa y quería complacer.

—Estaba pensando en añadir unas cuantas flores de la muerte entre las enredaderas aquí en las ventanas.

—¿Flores de la muerte? —repitió Jenny con una sonrisa.

Christa se encogió de hombros.

—Tengo que reconocer que me encanta el juego River Haunt. Juego con mi novio todo el rato.

—¿Y le ganas?

—Hasta ahora no —reconoció—. Pero sigo intentándolo. En cualquier caso, ¿sabes cuáles son esas flores rojas que tienen colmillos? He pensado añadir unas cuantas en esas enredaderas, si a ti te parece bien. No están en el diseño original, por eso quería preguntártelo antes de hacer nada.

El comedor estaba casi terminado. El muro del fondo ya estaba listo y la escena del bosque resultaba espectacular. Aunque tuvo algunos problemas con uno de los artistas, a ella no podía echarle nada en cara de su trabajo. Jenny observó lo que Christa había hecho hasta el momento. Las enredaderas eran gruesas y frondosas, se deslizaban por los bordes de las ventanas hasta el pie del muro, donde algunas de ellas rozaban incluso el suelo.

—Has hecho un gran trabajo, Christa.

—Gracias —respondió la joven dando un paso atrás para observar su propio trabajo—. Estoy muy agradecida por la oportunidad.

Jenny la miró.

—La idea de las flores es fabulosa. Me encanta. Usa tu propio criterio para ver dónde las emplazas. Después de ver tu trabajo, confío en tu buen juicio.

Christa sonrió.

–Eso es estupendo. Gracias, Jenny –las facciones de la joven se iluminaron.

–Si estás interesada, cuando acabe este proyecto podría hablar con Dave Cooper, el jefe del departamento de artes gráficas de Celtic Knot. Seguro que les vendría bien contar con una artista como tú –Jenny hizo una pausa–. No sé si estás interesada.

–¿Hablas en serio? ¿Interesada? –Christa se rio y luego se agachó para darle a Jenny un fuerte abrazo–. Ese sería mi trabajo soñado.

Jenny sonrió ante el entusiasmo de la otra mujer.

–Podrías trabajar aquí, pero puede que Dave te pida que te mudes a California.

–Ningún problema –afirmó Christa alzando una mano como si estuviera haciendo un juramento.

–¿Y qué pasa con tu novio? ¿Estaría dispuesto a mudarse por tu trabajo?

Christa sonrió.

–Me quiere, así que seguro que sí. Por supuesto. Además es escritor, así que puede trabajar desde cualquier parte.

–Entonces hablaré con Dave y te contaré lo que me diga.

–Gracias, Jenny. De verdad. Nunca creí que pudiera pasarme algo así.

–De nada. Pero por ahora céntrate en las flores de la muerte.

–Cuando haya acabado con ellas serán las flores más sedientas de sangre del universo –aseguró Christa inclinándose al instante sobre su paleta.

Convencida de que se le notaba en la cara lo que sentía, Jenny agradeció que la otra mujer se hubiera dado la vuelta. Escuchó las palabras de Christa resonándole en la mente: «Me quiere. Así que seguro. Por supuesto».

La envidia la golpeó como un látigo, dejándole un escozor. Christa estaba muy segura de su novio. De su amor y de su apoyo. Y Jenny anhelaba saber qué se sentía.

Suspiró y observó durante unos minutos cómo Christa hacía unos bocetos rápidos para la colocación de las flores. Era agradable contar con la ayuda de alguien con tanto talento. Alguien que además era jugadora. Jenny estaba segura de que Dave no desaprovecharía la oportunidad de contar con una artista tan habilidosa. Sobre todo porque iban a necesitar a alguien que ocupara el puesto de Jenny cuando ella entregara su dimisión. Oh, aquella idea le hacía daño. Le encantaba su trabajo. Pero tenía que dejarlo por su propio bien.

Jenny se dirigió a la segunda planta para echar un vistazo a lo que estaban haciendo los otros dos artistas con los pasillos de las hadas y los fantasmas. Cuando los encontró estaban en medio de una discusión tan acalorada que ni siquiera la oyeron acercarse.

–Todas las hadas tienen el pelo blanco –gritó Lena–. ¿Has jugado al juego alguna vez?

–Soy un artista, no pierdo el tiempo con videojuegos –respondió Tony–. ¿Y qué más da que un hada tenga el pelo negro? No son reales, ¿lo sabías?

–No –dijo Jenny en voz suficientemente alta para interrumpir su discusión–. Las hadas no son reales, pero forman parte importante del juego y se supone que tú debes hacer una réplica de ellas aquí.

Tony suspiró con dramatismo, como si quisiera dejar muy claro cuánto le molestaba que cuestionaran sus decisiones artísticas. Jenny supo desde que lo contrató que aquel hombre iba a ser difícil, pero la triste verdad era que había conseguido el trabajo porque tenía mucho talento. A Jenny se le habían acabado los nombres de los artistas locales y corrió el riesgo de que Tony siguiera las reglas establecidas. Al parecer la jugada le había salido mal.

–Artísticamente hablando, un hada de pelo negro resaltará mucho más en las paredes color crema –argumentó él.

–Si supieras algo de sombras y luces sabrías cómo destacar el pelo blanco –intervino Lena.

–Lo que tú sabes de arte –le gritó Tony–, podría escribirse en una tarjeta de visita y todavía quedaría espacio para apuntar un menú chino.

–Sé lo suficiente como para hacer lo que me han pedido que haga –replicó ella.

A Jenny le dolía la cabeza. Alzó las manos para pedir silencio y se sintió como si estuviera arbitrando una pelea de niños.

–Ya está bien, Lena. Gracias, estás haciendo un gran trabajo. Vuelve a centrarte en ello, ¿de acuerdo?

La mujer murmuró algo entre dientes y volvió al trabajo, no sin antes lanzarle una última mirada furibunda al hombre que se burlaba de ella.

Jenny bajó el tono de voz cuando volvió a hablar. No había necesidad de humillar al hombre, pero tampoco iba a ignorarlo.

–Tony, cuando firmaste el contrato de este proyecto accediste a seguir los diseños de arte que ya estaban hechos.

–Sí, pero…

–Y –continuó ella con tono ahora un poco más alto–, da igual lo que tú opines de los videojuegos. Los clientes que vendrán a este hotel conocen esos juegos como la palma de la mano.

Tony volvió a suspirar pesadamente.

–Si me dejas al menos enseñarte lo que quiero decir…

–Por lo tanto –siguió Jenny interrumpiéndole otra vez–, o haces lo que te comprometiste a hacer o ya puedes recoger tus pinturas y marcharte.

Tony giró la cabeza y la miró como si le hubiera insultado.

–No puedes despedirme.

–Claro que puede –dijo una voz grave a su espalda.

Jenny miró hacia atrás y no le sorprendió ver a Mike. El hombre estaba siempre cerca últimamente.

–Así que espero que lo hayas entendido. O sigues el plan de diseño o te marchas y te enviamos por correo el último cheque –continuó Mike–. Gracias por tu tiempo.

Claramente ultrajado, el hombre se sonrojó profundamente y se dio la vuelta para recoger sus cosas. Jenny vio por el rabillo del ojo cómo Lena sonreía y hacía un pequeño paso de baile mientras el otro artista se marchaba.

–Bueno, ha sido divertido –Jenny miró a Mike–. Pero me estaba encargando yo.

–Ya lo he visto, y estabas haciendo un gran trabajo –Mike sonrió, y a ella le dio un vuelco al corazón sin poder evitarlo–. ¿Hay alguna razón por la que no deba ayudarte si puedo hacerlo?

–Supongo que no –reconoció Jenny. Aunque por dentro se dijo que no era una buena idea acostumbrarse a depender de su ayuda. Porque no siempre estaría allí–. Lena, ¿te quedas bien aquí tú sola? –le preguntó a la otra mujer.

–¿Estás de broma? –se rio Lena–. Con Tony fuera esto serán unas vacaciones.

–Estupendo. Enviaré a Christa para que te ayude cuando termine con el comedor.

–Genial. Gracias –la joven volvió al trabajo silbando de alegría.

Jenny y Mike se dirigieron al pasillo.

–Los ascensores todavía no funcionan, así que tendremos que bajar por las escaleras.

–Sí –dijo Mike–. Lo sé. Pero no me gusta la idea de que andes subiendo y bajando estas escaleras todo el día. ¿Y si tropiezas y te caes?

–¿Qué tengo, noventa años? –Jenny sacudió la cabeza y se rio–. Estás siendo ridículo, Mike.

–Me preocupo, Jenny –afirmó él deteniéndose–. Me importas. Y me importa nuestro bebé.

–Te lo agradezco, pero los dos estamos bien. Y ahora tengo que bajar a terminar las puertas del ascensor de la planta principal. Estamos con un artista menos –se dirigió a las escaleras, pero Mike fue más rápido que ella. La tomó en brazos y la sostuvo con fuerza, como si no deseara nada más en el mundo.

Sonreía mientras la abrazaba, y aunque lo que más deseaba Jenny era rodearle el cuello con los brazos, sabía que no podía.

–No estás jugando limpio, Mike.

–Por supuesto que no –reconoció él bajando la escalera con ella apretada contra el pecho–. Ya te dije cómo van a ser las cosas entre nosotros, Jenny. Solo te estoy dando tiempo para que te acostumbres a la idea.

***

Más tarde aquella noche los obreros habían terminado la jornada laboral y casi todo el mundo había salido a Laughlin a cenar y divertirse. En la callada oscuridad, Jenny salió a la zona de la piscina. Necesitaba un poco de soledad. Ya habían pasado varios días desde que Mike apareció en el hotel y no parecía que tuviera intención de marcharse pronto. ¿No sabía que al quedarse le estaba haciendo la situación mucho más difícil a ella?

–Por supuesto que lo sabe –susurró en voz alta–. Ese es su plan, Jenny. Está intentando volverte loca para que accedas a casarte con él aunque sepas que sería un error.

Oh, Dios. Qué tentada se sentía a cometer aquel error.

Sacudió la cabeza ante su propia estupidez y se sentó al borde de la piscina. Se quitó los zapatos y metió los pies en el agua caliente. Todavía hacía frío en el desierto por la noche, así que disfrutó de la mezcla del aire fresco que le rozaba los brazos y el agua caliente. Agitó distraídamente los pies dentro del agua, se apoyó en las manos y miró hacia el cielo de la noche.

–Precioso –dijo al vacío. Sin la contaminación lumínica, las estrellas eran allí más brillantes y había muchas. Era como un cuadro, pensó.

–Sí, ¿verdad?

Jenny suspiró y echó la cabeza hacia atrás para ver cómo Mike se acercaba a ella. Se le había terminado el tiempo de estar sola, y aunque sabía que pasar ratos con Mike solo prolongaba lo inevitable, disfrutó del modo en que le latió el corazón al verle. Pensó que había ido a la ciudad con los demás, pero tendría que haber imaginado que no sería así, se dijo ahora.

Mike tomó asiento a su lado, metió los pies desnudos en el agua y miró al cielo.

–Al estar en la ciudad nunca se ven tantas estrellas –dijo en voz baja, con tono íntimo–. Te olvidas de lo grande que es realmente el cielo.

Jenny sabía que no había ido allí a hablar de las estrellas.

–Mike…

Él la miró bajo la luz de la luna y las estrellas, sus ojos azules tenían una mirada oscura y misteriosa.

–Hoy he hablado con Dave –le dijo, sorprendiéndola–. Dice que vas a dejar el trabajo en cuanto acabe este proyecto.

Jenny lamentó que se hubiera enterado tan rápidamente. Entregar su dimisión le había resultado muy duro. Le encantaba su trabajo y estaba segura de que iba a echar de menos a todo el mundo, pero se sintió obligada a avisar a Dave de su marcha lo antes posible para que buscara un sustituto.

–Tengo que hacerlo.

–No, no tienes que hacerlo –afirmó Mike–. Dave también me ha dicho que has recomendado a Christa.

Jenny se encogió de hombros.

–Necesitará a alguien para que ocupe mi lugar cuando yo me vaya. Christa es buena. Tiene talento pero está dispuesta a recibir órdenes.

–Si tú crees que va a funcionar, a mí me basta.

Complacida de que tuviera tan en alta estima su sugerencia, Jenny sonrió.

–Podrías haberte quedado en la empresa –Mike

142

echó un rápido vistazo al cielo y luego volvió a mirarla–. Podrías haber utilizado la carta de «el jefe es el padre de mi hijo».

Ella le miró asombrada.

–Yo nunca haría algo así.

Mike asintió lentamente.

–Sí, lo sé. Estoy empezando a saber muchas cosas.

–Mike –dijo Jenny con la esperanza de dejar las cosas perfectamente claras entre ellos–, dejar mi trabajo ha sido lo correcto. Para los dos. Trabajar juntos todos los días sería demasiado duro. Además, no necesito tu dinero para ocuparme de mi bebé. No necesito el apellido Ryan para asegurarme un futuro.

–¿Y qué es lo que necesitas, Jenny?

Vaya, aquella pregunta tenía muchas respuestas. Demasiadas trampas si intentaba siquiera decirle lo que tenía en mente. Así que sonrió y dijo con tono suave:

–No importa.

–A mí sí –insistió Mike.

Jenny ladeó la cabeza, le miró y preguntó:

–¿Desde cuándo, Mike?

–Desde que desperté y empecé a prestar más atención –Mike le tomó la mano y le deslizó el pulgar por los nudillos hasta que ella se estremeció por el contacto–. Quiero tenerte a mi lado, Jenny.

Ella contuvo el aliento y se le aceleró el corazón hasta convertirse en una mariposa que aleteaba. Ser aceptada era lo que había buscado toda su vida desde que era una niña. Pero ahora sabía que no era suficiente. Ser aceptada no era lo mismo que ser amada.

–Ahora quieres eso, Mike –respondió con voz pausada–. Pero, ¿y dentro de cinco años? ¿De diez? –sacudió la cabeza antes de continuar–. El deseo, la pasión, todo eso está muy bien. Pero sin amor para anclarlos se van a la deriva.

–No tiene por qué ser así –Mike le agarró la mano con más fuerza todavía–. El amor es algo que siempre he evitado, Jenny. Es un riesgo demasiado grande.

Ella se dio cuenta de lo mucho que le estaba costando admitirlo, pero no podía decirle que no pasaba nada y que lo entendía.

–El riesgo vale la pena, Mike. Porque sin amor no hay nada.

–El deseo es algo. La pasión es algo.

–Pero no es suficiente –Jenny le apartó la mano con tristeza, sacó las piernas del agua y se puso de pie. Le miró, aspiró con fuerza el aire y se preparó para decirle la cruda verdad que a ella le había costado tanto aceptar–. Vamos a tener un hijo en común, Mike. Pero eso es lo único que tenemos.

Se dirigió de regreso al hotel y se detuvo en la puerta para mirarle. Estaba solo bajo la luz de las estrellas, mirándola, y Jenny tuvo que hacer un esfuerzo sobrehumano para seguir caminando.


Dos días más tarde las cosas seguían tensas entre Mike y ella. Jenny confiaba que tras la conversación de la piscina él se rendiría y volvería a casa. Tenía que saber que no iba a salir nada bueno de aquello. Ambos necesitaban algo del otro que no podían tener. Jenny necesitaba que Mike la amara. Que confiara en ella. Mike necesitaba que ella se conformara con menos de lo que anhelaba.

Su tiempo en el hotel estaba a punto de terminar. La mayoría de las pinturas se habían completado ya, y lo que faltaba podían terminarlo Christa y Lena solas. Jenny no podía seguir allí mucho tiempo más. Ya que Mike se negaba a apartarse de su lado, tendría que ser ella quien se fuera. Tenía que poner algo de distancia entre ellos antes de cometer alguna estupidez, como lanzarse a sus brazos y aceptar las migajas que estaba dispuesto a ofrecerle.

La cacofonía de sonidos del hotel le resultaba a aquellas alturas familiar, y Jenny se preguntó si no le resultaría raro ahora el silencio de su apartamento cuando volviera a casa.

—¡Jenny! Jenny, ¿dónde estás?

Ella estaba añadiendo los últimos toques a los árboles del ascensor en la segunda planta cuando escuchó aquella voz familiar.

—¿Tío Hank? —preguntó en voz alta.

Dejó la brocha a un lado y bajó rápidamente la escalera. Entonces vio a su tío, que miraba a su alrededor en el vestíbulo con cara de asombro. A Hank se le iluminó la cara al verla y se acercó a ella.

—Tío, ¿qué estás haciendo aquí?

Para su sorpresa, Hank le dio un abrazo y luego sonrió al soltarla.

—Bueno, quería ver cómo te estaba yendo. Echar un vistazo por aquí. Y de paso poner a prueba mi coche nuevo.

—¿Coche nuevo? —Jenny miró por la ventana y vio un descapotable rojo brillante.

No podía estar más sorprendida. Aunque su tío era un hombre rico, llevaba veinte años conduciendo el mismo Mercedes sedán porque insistía que no necesitaba ningún coche nuevo. Jenny se giró hacia su tío y le preguntó:

—¿Es tuyo?

—Sí —respondió él con orgullo.

—Pero no has venido hasta aquí conduciendo solo para mirar mis pinturas, ¿verdad?

—Bueno —Hank se encogió de hombros—. Esa es sin duda una parte —entornó los ojos al ver algo detrás de ella, y sin tener siquiera que mirar, Jenny supo quién había aparecido. Las facciones de su tío se volvieron frías y duras cuando Mike se colocó al lado de Jenny.

—Señor Snyder —dijo Mike inclinando la cabeza.

—Señor Ryan —Hank volvió a mirarle con ojos entornados y luego dirigió de nuevo la vista hacia su sobrina, ignorando por completo al hombre que tenía al lado—. Jenny, he venido a decirte que he vendido Snyder Arts.

—¿Qué? —Jenny se quedó mirando sin dar crédito al hombre que la había criado.

Primero un descapotable, y ahora esto. La empresa había sido la vida entera de su tío Hank. Vivía y respiraba por el trabajo, se había dedicado por completo a convertir Snyder Arts en una empresa respetada y multimillonaria. No podía imaginárselo sin ella.

—¿Por qué has hecho eso? Te encanta la empresa.

Ignorando todavía a Mike, Hank se acercó a ella y le puso las manos en los hombros.

—Sí, pero te quiero más a ti —afirmó.

Y Jenny se llevó el segundo impacto del día.

Hank nunca le había dicho aquellas palabras hasta aquel momento, y Jenny no fue consciente de lo mucho que había deseado escucharlas.

—Tío Hank…

—Veo lágrimas —le advirtió él—. No lo hagas.

Jenny se rio y sacudió la cabeza.

—Lo intentaré. Pero dime por qué.

146

–¿La razón principal? –preguntó a su vez Hank lanzándole a Mike una mirada helada–. Para que nadie pueda acusarte de ser una espía a mi servicio.

–Maldición –murmuró Mike a su lado.

Jenny apenas le oyó. Estaba mirando a su tío a los ojos. Oh, Dios. La culpa le dio un mordisco al corazón. Había dejado lo que más quería para demostrarle algo a Mike y lo había hecho por ella.

–No tendrías que haberlo hecho –susurró.

–Era el momento –dijo Hank haciendo una breve pausa para mirar a Mike–. Ahora que ya no tengo la empresa tendré tiempo para ayudarte cuando llegue el bebé. Quiero estar ahí para ti, Jenny. Eso es lo más importante. La familia está para apoyarse. ¿Lo entiendes?

–Sí –Jenny dio un paso adelante y le dio un abrazo al hombre que siempre había sido un referente en su vida. Le miró con el corazón rebosante y se dio cuenta de que siempre había tenido una familia, pero estaba demasiado insegura para darse cuenta. Ahora no entendía cómo pudo haber dudado de lo que aquel hombre tan maravilloso sentía por ella.

Abrió la boca para hablar, pero Mike se le adelantó.

–Sé que no tienes motivos para confiar en mí –reconoció mirando directamente a Hank–, pero necesito estar un momento a solas con Jenny.

–Mike… –ella no quería más tiempo a solas con Mike. No creía que pudiera soportarlo mucho más.

–Creo que ya has dicho bastante –le espetó Hank.

–Por favor –Mike la miró y su súplica la pilló con la guardia bajada.

En todo el tiempo que hacía que le conocía nunca le había escuchado pedirle por favor nada a nadie. Y aquella única palabra decidió por ella.

Se giró hacia su tío.

–Volveré enseguida –entonces se dio la vuelta y se dirigió a la sala de juegos, que en aquel momento estaba vacía, para esperar a Mike allí.

Estaban pasando tantas cosas que a Jenny le latía el corazón con fuerza y le daba vueltas la cabeza. No sabía qué pensar. Su tío había vendido la empresa, ella había dejado el trabajo, iba a tener un bebé… y ahora Mike quería volver a hablar con ella cuando ya se habían dicho tantas cosas el uno al otro sin decirse nada.

Trató de calmar los nervios centrándose en la vista que había al otro lado de la ventana. El paisaje desértico quedaba suavizado por los árboles que se agitaban bajo la suave brisa. Jenny enfocó la mirada en las montañas púrpuras que había a lo lejos y trató de calmar el ritmo de su respiración.

–¿Jenny?

Se giró para mirarle y el corazón se le aceleró. Mike parecía… inseguro de sí mismo. Algo que nunca había observado en Mike Ryan. Aquello la impactó. Pero a pesar de las ganas de correr hacia él y abrazarle hasta calmar el dolor que tuviera, no lo haría.

–Me siento un idiota –murmuró él pasándose la mano por el pelo.

–No es eso lo que esperaba oír –reconoció Jenny.

–Ah –Mike se rio, pero sin asomo de humor–. Hay más todavía –dio un paso hacia adelante y luego se detuvo, como si no supiera bien qué hacer–. No puedo creer que tu tío haya aparecido de pronto.

–¿Te molesta que mi tío Hank haya venido a verme?

–No es el hecho, sino el momento.

Ahora Jenny estaba confundida de verdad.

–Deberías saber que estaba equivocado respecto a

ti. Desde el principio. Estaba equivocado y creo que en el fondo lo sabía, pero no podía admitirlo –gruñó molesto–. Igual que sé que te amo desde el momento en que te vi por primera vez en ese bar de Phoenix.

Jenny sintió que perdía el equilibrio y se agarró al respaldo de la silla para apoyarse. Mike la amaba. Nunca pensó en que llegaría a escuchar aquellas palabras de su boca. Ayer esa confesión la habría llenado de felicidad. Sin embargo, ahora era demasiado tarde.

–Mike…

–Escúchame –le pidió él acercándose lo suficiente para tocarla. Para abrazarla. Le puso las manos en la cintura y habló más deprisa ahora, como si tuviera miedo de que dejara de escucharle–. Te estoy pidiendo que te cases conmigo. Te lo pido, no te exijo, sino que te lo pido. Y no es por el bien del bebé, por conveniencia ni por cualquier otra maldita razón, sino porque te amo. Quiero irme a la cama contigo todas las noches y despertar a tu lado cada mañana.

Clavó la mirada en la suya y Jenny vio la verdad allí. Y deseó con toda su alma que le hubiera dicho todo aquello antes.

–Tú eres la mujer de mi vida, Jenny –reconoció él–. Tal vez por eso me resistí tanto. Ver tu futuro desplegado ante ti puede resultar… abrumador. Pero el caso es que cada vez que pensaba en el futuro tú estabas ahí –Mike le apretó la cintura con más fuerza–. Sin ti no hay futuro, Jenny.

Ella abrió la boca para hablar, pero lo que iba a decir quedó ahogado por el rio de lágrimas que le atenazó la garganta.

–Necesito que me creas, Jenny –se apresuró a decir Mike–. Te amo. Confío en ti. Por favor, cásate conmigo.

Oh, Dios. Aquello era lo único que quería. El hombre que amaba le estaba dando las palabras que se moría por escuchar, pero ya era demasiado tarde. ¿Cómo iba a creer en él si había hecho falta que su tío vendiera la empresa para que Mike creyera en ella? Qué irónico resultaba que le estuvieran dando exactamente lo que quería y no pudiera tenerlo.

Una punzada de desilusión la pinchó por dentro y no pudo evitar soltarlo.

—No, Mike. No me casaré contigo. No puedo. Solo dices esto ahora porque el tío Hank te ha demostrado que tus sospechas eran injustas.

—No, eso no es verdad.

Jenny sacudió la cabeza con fuerza.

—Ojalá hubieras dicho todo esto antes de que apareciera el tío Hank. Para mí lo habría significado todo.

—A eso me refería cuando te dije lo del momento en que ha aparecido. Yo iba a hablar contigo esta noche —Mike sacudió la cabeza y se rio sin ganas—. Lo tenía todo planeado. La luz de la luna, la seducción…

—Estás diciendo esto ahora solo para intentar mejorar las cosas.

—No, maldita sea. Lo creo desde hace un tiempo. Fue la charla de la otra noche en la piscina —la atrajo hacia sí como si temiera que quisiera escaparse—. Fue entonces cuando la realidad se estrelló contra mí. Cuando dijiste que no me necesitabas. Que no querías mi dinero. Cuando me hiciste ver que no eres la clase de mujer que intentaría atrapar a un hombre. Eres la mujer más fuerte que conozco. Eres guapa, tienes talento. Eres amable y divertida y no te crees mis tonterías.

Jenny se rio, pero sintió un dolor en la garganta y se detuvo al instante.

–Lo eres todo para mí, Jenny. Tienes que creerme.

–Quiero hacerlo –admitió ella–. De verdad.

Un amago de sonrisa asomó a los labios de Mike.

–Entonces deja que esto te convenza –metió una mano en el bolsillo del pantalón y sacó una cajita de terciopelo azul.

Jenny abrió los ojos de par en par y contuvo el aliento. Le estaba diciendo la verdad, pensó. Ya tenía el anillo para ella cuando Hank apareció. Era real.

Mike abrió la cajita y le mostró un diamante amarillo que brillaba sobre un engarce de estilo antiguo. Jenny tuvo la sensación de que había sido hecho especialmente para ella.

–¿Cuándo…?

–Ayer. Tras nuestra charla de la noche anterior conduje hasta La Vegas, busqué el mejor joyero de la ciudad y compré este anillo para ti –Mike le levantó la barbilla hasta que su mirada llorosa se cruzó con la suya–. Sabía antes de que tu tío hiciera su aparición que te amo. Confío en ti. Te necesito, Jenny. Y siempre te voy a necesitar.

–Mike… –a ella le tembló el labio inferior.

Él le tomó la mano izquierda en la suya, le deslizó el anillo en el dedo y lo selló con un beso.

–Dime que aceptas el anillo, Jenny. Y a mí.

Aquello era un regalo, se dijo ella. Un regalo del universo, porque de pronto tenía todo lo que había deseado en su vida. Miró los hermosos ojos de Mike y vio en ellos el amor que ella misma sentía reflejado ahí.

–¿Jenny? –le preguntó Mike con una risa nerviosa–. Estás empezando a preocuparme…

–No hay razón, Mike. Te amo. Te amo desde aquella primera noche en Phoenix –se puso de puntillas y le besó suavemente–. Aceptaré el anillo. Y a ti. Y prometo amarte para siempre.

–Gracias a Dios –susurró él estrechándola con más fuerza entre sus brazos.

Jenny apoyó la cabeza en su pecho y le escuchó decir:

–Eres lo mejor que me ha pasado en la vida, Jenny Marshall, y te juro que no te dejaré marchar jamás.

# *Epílogo*

La boda se celebró unos meses más tarde en el pabellón Balboa. Construido en 1905, el edificio de estilo victoriano formaba parte del patrimonio histórico de California y era un lugar emblemático de la zona. El enorme salón de baile tenía unos enormes ventanales que iban del suelo al techo y que proporcionaban unas espectaculares vistas del puerto, uno de los más grandes para yates pequeños del mundo.

Había velas encendidas sobre las mesas cubiertas con manteles de lino por toda la estancia. Flores amarillas y blancas decoraban cada superficie y caían en cascada por el frente de la mesa de los novios. Y en cada ventana empezaron a brillar pequeños farolillos blancos de luz blanca a medida que el día se iba apagando para dar paso a la noche.

–Todo ha sido perfecto –murmuró Jenny apoyándose en su recién estrenado marido.

Mike la abrazó por la cintura y la besó en la curva del cuello.

–Sí, y tú eres la novia más bella del mundo.

Jenny se sentía guapa con su vestido blanco sin mangas que le destacaba el pecho y la cintura y caía en cascada al suelo. Por supuesto, Mike estaba guapísimo, parecía que hubiera nacido para llevar esmoquin.

–Te amo –le susurró Jenny ladeando la cabeza para mirarle.

–Nunca me canso de escuchar eso –Mike sonrió y la besó–. Yo también te amo. Y te voy a demostrar cuánto durante todos los días que dure nuestra luna de miel.

Una lenta sonrisa asomó a labios de Jenny.

–Hace años que no te tomas unas vacaciones. No puedo creer que vayamos a pasar una semana en Irlanda y otra en Londres.

–Y otra más en la Toscana.

–¿De verdad? –Jenny se giró entre sus brazos–. ¡No me lo habías dicho!

–Era una sorpresa –sonrió Mike mirándola–. Una artista debería conocer Italia, ¿no te parece?

–¡Absolutamente! –Jenny pensó que no podía ser más feliz. Un hombre que la amaba, un bebé de camino, un trabajo que le encantaba y muchos amigos que habían ido a celebrar con ellos su boda–. Tal vez podríamos echar un vistazo por si encontramos un sitio que nos guste, comprar una casa allí.

–¿De verdad? –Mike se encogió de hombros–. ¿Por qué no? Podemos llevar a los niños en verano.

–¿Niños? –repitió Jenny sin dejar de sonreír–. ¿En plural?

–Bueno, no vamos a quedarnos solo en uno, ¿verdad? –Mike le dio una palmadita en el vientre y ella le sostuvo la mano allí.

–No –reconoció inclinándose sobre él y mirando cómo sus invitados bailaban en la pista bajo miles de lucecitas blancas. Jenny sonrió al ver a su tío Hank conversando con los padres de Mike en una esquina. Al parecer habían hecho buenas migas y ella no podía sentirse más feliz.

–Vosotros dos deberíais salir a bailar –dijo Brady acercándose con Aine.

Su hijo se había quedado en Irlanda con la madre de Aine, y lo cierto era que la pareja estaba disfrutando de aquella pequeña pausa en su paternidad.

–¿Y vosotros por qué no estáis bailando? –preguntó Mike riéndose.

–Es lo que vamos a hacer –le aseguró Brady dándole una palmada en la espada–. Pero antes queríamos felicitaros por la boda, desearos una vida feliz y mucha suerte con el bebé.

–Gracias –dijo Mike dándole un abrazo con una mano a su amigo de toda la vida.

–¿Qué es esto? –preguntó Sean, que acababa de incorporarse al grupo–. ¿Estáis celebrando la fiesta sin mí?

–¿Dónde estabas? –quiso saber Mike–. Has desaparecido hace como una hora.

–Estaba al teléfono hablando con esa contratista del infierno –murmuró Sean mirando al teléfono para no ver la mirada burlona que intercambiaron Mike y Brady.

–¿Y qué tal está la muy eficiente Kate? –preguntó Brady.

–Está volviéndole loco –intervino Mike.

–Eh, me gustaría verte a ti lidiando con alguien sabelotodo –se burló Sean.

–Nosotras lo hacemos todo el rato –dijo Aine sonriéndole a Jenny.

–Así es –reconoció la recién casada.

–Muy bien, ya basta de insultos –Brady se llevó a su mujer a la pista de baile y Aine le siguió, riéndose.

–¿Puedo bailar con la novia? –preguntó Sean.

Mike le apartó de su camino.

–Búscate tu propia chica. Tú me debes un baile, señora Ryan –Mike estrechó a Jenny entre sus brazos.

—Arrástrame lejos de aquí, señor Ryan —respondió Jenny riéndose.

Le rodeó el cuello con los brazos y se sujetó a él. Mientras sonaba la música y la noche iba avanzando, la alegría brilló con la misma intensidad que los farolillos en la oscuridad.

# Bianca

**Una sola noche con el millonario
australiano nunca sería suficiente…**

El trabajo consumía toda la
vida del arquitecto Adrian
Palmer, pero en su cama
siempre había una hermosa
mujer.

Con Sharni Johnson debería
haberse contenido un poco.
La joven viuda era tímida,
hermosa y sin sofisticación
alguna… la víctima perfecta de su malévola seduc-
ción. Adrian se volvió loco al
comprobar la intensidad de
su unión. Pero Sharni no era
de las que tenían aventuras
de una sola noche…

Adrian no tardó en darse
cuenta de que la pasión no
parecía ir a consumirse jamás… y no podía dejar de
pensar en el enorme parecido que había entre su difunto
esposo y él…

## MALÉVOLA
## SEDUCCIÓN

### MIRANDA LEE

# Acepte 2 de nuestras mejores novelas de amor GRATIS

## ¡Y reciba un regalo sorpresa!

## Oferta especial de tiempo limitado

**Rellene el cupón y envíelo a**
**Harlequin Reader Service®**
3010 Walden Ave.
P.O. Box 1867
Buffalo, N.Y. 14240-1867

**¡Sí!** Por favor, envíenme 2 novelas de amor de Harlequin (1 Bianca® y 1 Deseo®) gratis, más el regalo sorpresa. Luego remítanme 4 novelas nuevas todos los meses, las cuales recibiré mucho antes de que aparezcan en librerías, y factúrenme al bajo precio de $3,24 cada una, más $0,25 por envío e impuesto de ventas, si corresponde*. Este es el precio total, y es un ahorro de casi el 20% sobre el precio de portada. !Una oferta excelente! Entiendo que el hecho de aceptar estos libros y el regalo no me obliga en forma alguna a la compra de libros adicionales. Y también que puedo devolver cualquier envío y cancelar en cualquier momento. Aún si decido no comprar ningún otro libro de Harlequin, los 2 libros gratis y el regalo sorpresa son míos para siempre.

416 LBN DU7N

| Nombre y apellido | (Por favor, letra de molde) | |
|---|---|---|
| Dirección | Apartamento No. | |
| Ciudad | Estado | Zona postal |

Esta oferta se limita a un pedido por hogar y no está disponible para los subscriptores actuales de Deseo® y Bianca®.
*Los términos y precios quedan sujetos a cambios sin aviso previo.
Impuestos de ventas aplican en N.Y.

# Bianca

## ¡Un matrimonio para robar titulares!

Cairo Santa Domini era el heredero real más desenfadado de Europa y evitaba con pasión cualquier posibilidad de hacerse con la corona. Para reafirmar su desastrosa imagen y evitar las ataduras del deber, decidió elegir a la esposa más inadecuada posible.

Brittany Hollis, protagonista habitual de las portadas de la prensa sensacionalista, poseía una reputación digna de rivalizar con la de Cairo. Sin embargo, con cada beso que se dieron empezó a sentirse más y más propensa a revelarle secretos que jamás había revelado a nadie.

Pero un giro en los acontecimientos supuso una auténtica conmoción para su publicitada vida. Era posible que Brittany no fuera la mujer más adecuada para convertirse en reina… ¡pero llevaba un su vientre un heredero de sangre azul!

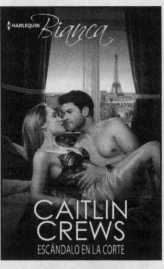

## ESCÁNDALO EN LA CORTE

### CAITLIN CREWS

## Pasión escondida
## Sarah M. Anderson

Como primogénito, Chadwick
Beaumont no solo había sacri-
ficado todo por la compañía familiar, sino que además había
hecho siempre lo que se esperaba de él. Así que, durante años,
había mantenido las distancias
con la tentación que estaba al
otro lado de la puerta de su despacho, Serena Chase, su guapa
secretaria.

Pero los negocios no pasaban
por un buen momento, su vida
personal era un caos y su atractiva secretaria volvía a estar libre… y disponible. ¿Había llegado el momento de ir tras aquello
que deseaba?

*Lo que el jefe deseaba…*